Alexandre Dumas

O homem da máscara de ferro

Tradução e adaptação em português de
Telma Guimarães Castro Andrade

Ilustrações de
Félix Reiners

Gerência editorial
Sâmia Rios

Edição
Sâmia Rios

Assistência editorial
Camila Carletto e
José Paulo Brait

Revisão
Ana Luiza Couto,
Zilda Hartmann e
Nair Hitomi Kayo

Coordenação de arte
Maria do Céu Pires Passuello

Diagramação
Ana Lucia C. Del Vecchio

Programação visual de capa e miolo
Didier D. C. Dias de Moraes

editora scipione

Av. das Nações Unidas, 7221 Pinheiros
CEP 05425-902 – São Paulo – SP

ATENDIMENTO AO CLIENTE
Tel.: 4003-3061

www.coletivoleitor.com.br
e-mail: atendimento@aticascipione.com.br

2024
ISBN 978-85-262-4255-5 – AL
CL: 734077
CAE: 225804
1.ª EDIÇÃO
24.ª impressão

Impressão e acabamento
Log&Print Gráfica, Dados Variáveis e Logística S.A.

Traduzido e adaptado de *The man in the iron mask*, de Alexandre Dumas. Inglaterra: Penguin, 1998.

Ao comprar um livro, você remunera e reconhece o trabalho do autor e de muitos outros profissionais envolvidos na produção e comercialização das obras: editores, revisores, diagramadores, ilustradores, gráficos, divulgadores, distribuidores, livreiros, entre outros.
Ajude-nos a combater a cópia ilegal! Ela gera desemprego, prejudica a difusão da cultura e encarece os livros que você compra.

Dados Internacionais de Catalogação na Publicação (CIP)
(Câmara Brasileira do Livro, SP, Brasil)

Andrade, Telma Guimarães Castro

O homem da máscara de ferro / Alexandre Dumas; adaptação de Telma Guimarães Castro Andrade; ilustrações de Félix Reiners. – São Paulo: Scipione, 2002. (Série Reencontro literatura)

1. Literatura infantojuvenil I. Dumas, Alexandre. II. Reiners, Félix. III. Título. IV. Série.

02-0615   CDD-028.5

Índices para catálogo sistemático:
1. Literatura infantojuvenil   028.5
2. Literatura juvenil   028.5

SUMÁRIO

Quem foi Alexandre Dumas?. 4

Capítulo 1 – Um amor dividido. 7

Capítulo 2 – Um jantar na prisão. 11

Capítulo 3 – O segredo do prisioneiro. 15

Capítulo 4 – O alfaiate do rei. 21

Capítulo 5 – Outro jantar na prisão. 28

Capítulo 6 – A decisão 32

Capítulo 7 – O castelo de Vaux-Le-Vicomte. . . 37

Capítulo 8 – A intriga de Colbert. 41

Capítulo 9 – O destino do rei. 46

Capítulo 10 – Uma noite na prisão 50

Capítulo 11 – No castelo de Vaux 53

Capítulo 12 – O fiel amigo do rei. 58

Capítulo 13 – Um segredo revelado. 62

Capítulo 14 – O outro rei. 66

Capítulo 15 – A fuga de Porthos e Aramis 73

Capítulo 16 – Uma mensagem no prato 78

Epílogo – O homem da máscara de ferro. 84

Quem é Telma Guimarães Castro Andrade?. . . . 88

QUEM FOI ALEXANDRE DUMAS?

O nome verdadeiro de Alexandre Dumas era Alexandre Davy de la Pailletterie. Ele nasceu no dia 24 de julho de 1802, em Villers--Cotterêts, perto de Paris, na França. Era filho de um general e de uma escrava negra, Marie, que morreu quando o filho ainda era bem pequeno.

Aos vinte anos, Alexandre mudou-se para Paris. Por indicação do general Foy, Dumas conseguiu um emprego no escritório do duque de Orleans. Começou então a escrever poemas e novelas e, logo depois, seu primeiro drama. Aos vinte e cinco anos, obteve sucesso com sua primeira peça de teatro.

Alexandre Dumas escrevia semanalmente para jornais e revistas. Foi um dos escritores franceses mais produtivos, aceitando inclusive convites para escrever em parceria.

No ano de 1829, lançou a peça *Henrique III e sua corte*, que fez um estrondoso sucesso. Dumas é lembrado até hoje pelos seus romances, mas, na verdade, foi como dramaturgo que revelou seu indiscutível talento.

Em 1844, a revista *O século* publicou a primeira parte de uma história escrita por Alexandre Dumas, que se baseou em alguns manuscritos encontrados na Biblioteca Nacional, enquanto pesquisava sobre Luís XIV. Esses manuscritos contavam as aventuras de um jovem que, ao chegar a Paris, envolveu-se nas intrigas da corte, em assuntos internacionais e políticos e em questões amorosas. Durante seis anos, os leitores puderam apreciar as aventuras do jovem D'Artagnan e de seus três amigos, Porthos, Athos e Aramis, tendo como cenário a história da França e da Inglaterra. Mais tarde, essas aventuras foram publicadas e tornaram-se os três romances de D'Artagnan: *Os três mosqueteiros*, *Vinte anos depois* e *O visconde de Bragelonne*.

O homem da máscara de ferro faz parte do terceiro volume, *O visconde de Bragelonne*, e corresponde à parte que vai do capítulo 209 ao 269.

Lenda ou história real?

Em 1698, um homem misterioso foi aprisionado na Bastilha. O homem foi mantido na prisão por quase onze anos e, durante todo esse tempo, seu rosto ficou encoberto por uma máscara de ferro. O prisioneiro morreu em 1703 e, em 1711, a cunhada do rei escreveu uma carta para a tia, contando a estranha história.

O filósofo Voltaire revelou ter conhecido na mesma prisão uma pessoa que servia ao homem da máscara de ferro. Voltaire contava que o prisioneiro usava a máscara desde o ano de 1661 e que, mais tarde, foi levado para a ilha de Sainte-Marguerite. Ele era jovem, alto e muito atraente; vestia-se muito bem, gostava de música e era muito parecido com alguém famoso na época: provavelmente, Luís XIV.

Muitas histórias foram contadas acerca do homem da máscara de ferro. Alguns escritores diziam que a máscara era de veludo, e não de ferro.

Em 1789, o jornalista Frederic-Melchior Grimm afirmou que Luís XIV teve um irmão gêmeo idêntico. O rei Luís XIII, pai dos gêmeos, temeroso de que os garotos brigassem por causa do trono mais tarde, havia escondido um dos bebês para que fosse criado secretamente. O garoto foi criado por um casal, que nunca lhe revelou a sua verdadeira identidade. Um dia, já adolescente, ele viu um quadro de seu irmão e compreendeu o que havia acontecido. O rapaz foi preso imediatamente e passou o resto de sua vida com uma máscara sobre o rosto.

Muitas pessoas acreditaram nessa história. À medida que o tempo passava, outros escritores deram novas versões para o caso. Disseram inclusive que, quando a Bastilha foi tombada por um movimento revolucionário, foi descoberto o esqueleto do príncipe, que ainda usava a máscara.

Lenda? Boato? Fato real?

Alexandre Dumas aproveitou o boato e inseriu-o nesta história, lançando mão de fatos políticos verídicos e mesclando-os de tal maneira que fica difícil separar ficção de realidade.

Corria o boato, na época, de que o rei Luís XIV era filho de Ana D'Áustria e de seu amante, o cardeal Mazarino.

Com maestria, Alexandre Dumas centralizou a história em 1661, na França, no reinado do polêmico Luís XIV, também chamado "Rei Sol".

No livro *Os três mosqueteiros*, Dumas criou três mosqueteiros para defender o rei Luís XIII: Athos, Porthos e Aramis. Mais tarde, acrescentou um quarto homem: D'Artagnan, o mais jovem deles. Muitos anos depois, em *O homem da máscara de ferro*, apenas D'Artagnan continuou como mosqueteiro, agora como o capitão dos mosqueteiros de Luís XIV, filho de Luís XIII. Aramis realizou seu sonho de tornar-se bispo, almejando chegar a papa; Athos e seu filho Raoul retiraram-se para uma propriedade rural; e Porthos, viúvo, tratou de gastar a fortuna que sua esposa lhe deixara. D'Artagnan, outrora sem fortuna alguma, tornou-se, além de capitão, o confidente do rei.

Dentre as outras obras que Dumas escreveu, destacam-se: *O conde de Monte Cristo*, *A tulipa negra*, *Os irmãos corsos*, *A rainha Margot*, *O colar da rainha*, *O cavaleiro da casa vermelha*, *Memórias de um médico* e *A condessa de Charny*. Ele também escreveu centenas de peças, anedotas, romances, diários de viagem e histórias para crianças.

Alexandre Dumas fez fortuna com seus livros, mas não soube administrá-la. Quando morreu, no dia 5 de dezembro de 1870, estava em total miséria.

Capítulo 1
Um amor dividido

Athos pediu que o anunciassem ao rei Luís XIV. Enquanto esperava, pensou no motivo que o trouxera ali. Seu filho Raoul era noivo de Louise de La Vallière. No entanto, o rei não havia consentido no casamento do jovem casal. A cada pedido de Raoul, Luís XIV dava uma desculpa: primeiro, disse que a moça não possuía fortuna alguma; depois, que não acreditava no amor que Louise dizia sentir pelo rapaz; por fim, disse que a moça era desprovida de beleza.

Tanto Athos como Raoul tinham ouvido comentários na corte de que o rei se apaixonara por Louise e a tomara secretamente como sua noiva. Sendo assim, antes que o filho caísse em profundo desgosto, Athos resolveu conversar com Luís XIV.

— Entre! — finalmente ouviu a ordem do rei.

Athos fixou seu olhar nos olhos do rei e foi diretamente ao assunto que o trouxera ali:

— Tenho ouvido falar que Sua Majestade está apaixonado... pela noiva de meu filho... a senhorita Louise.

— Sinto dizer que é a mais pura verdade. E que ela também está apaixonada por mim! — Luís XIV respondeu, irritado.

— Sua Majestade aproveitou a viagem de meu filho à Inglaterra para cortejar a moça! — Athos respondeu, com raiva, concluindo que a viagem de seu filho fora tramada pelo rei, para que ele pudesse aproximar-se de Louise.

Luís XIV, considerando a atitude de Athos muito desaforada, ordenou a ele que se retirasse.

— Deixe Louise em paz. Ela sempre amou meu filho Raoul. Sua Excelência vai se cansar dela assim como se cansou das outras mulheres que teve. Seja um homem honrado! — Athos desafiou o rei.

— Saia daqui! — Luís XIV tornou a ordenar. — Louise é minha e de mais ninguém!

— Servi a seu pai por muitos anos e tenho servido também a Sua Majestade! — Athos continuou. — O senhor está sendo desleal e nunca será um bom rei agindo dessa forma. Meu filho está com o coração partido. Louise sempre o amou, deixe-os em paz!

Luís XIV ficou vermelho de raiva. Ele jamais desistiria de Louise e, se preciso, mandaria Raoul numa missão ainda mais distante para ter o caminho livre.

— De agora em diante, não sou mais seu mosqueteiro! — Athos partiu sua espada ao meio, deixando os dois pedaços no chão. — Sua Excelência traiu a minha amizade e lealdade. — Athos levantou-se, virou as costas para um rei atônito e saiu da sala.

Luís XIV, louco de raiva, chamou por D'Artagnan.

— Onde está o capitão dos mosqueteiros? — bradava sem parar.

Assim que ouviu o chamado do rei, D'Artagnan apressou-se em ir até sua sala de conferências.

O rei mandou prender Athos imediatamente. O capitão pôs a mão em sua espada.

"Detestaria fazer algo contra Athos, mas se o rei está ordenando... A não ser que...", o rei não percebeu o estranho sorriso no rosto do capitão.

Assim, tão logo saiu do castelo, D'Artagnan selou seu cavalo calmamente e cavalgou até uma taverna. Como não tinha pressa, podia parar para comer algo e beber um bom copo de vinho.

Quase duas horas depois, o capitão bateu à porta da casa de Athos. Raoul o recebeu com um semblante muito triste. Em poucos minutos, contou a D'Artagnan que Louise estivera em sua casa. Chorando muito, a moça pediu perdão por tê-lo enganado e rompeu o noivado. Era mesmo verdade que se encontrava com o rei às escondidas. E o que era pior: ela amava somente o rei, ninguém mais além dele.

Depois de abrir seu coração a D'Artagnan, Raoul foi chamar seu pai. Quando Athos desceu de seu quarto, foi logo dizendo:

— Eu sabia que o rei mandaria me prender!

— Está abatido! — D'Artagnan ignorou o comentário do amigo.

— Veja! — Athos mostrou a bainha vazia. — Não tenho mais espada. Eu a quebrei. Também não sou mais mosqueteiro do rei. — E contou a D'Artagnan o que havia acontecido.

Depois disso, pediu alguns minutos e voltou, dizendo:

— Estou pronto. Vamos. — Ele abriu a porta, selou o cavalo e o montou. Tinha certeza de que D'Artagnan estava ali para prendê-lo, seguindo as ordens do rei.

D'Artagnan, sem dizer uma palavra, fez o mesmo.

— Podemos ir para a Bastilha! — Athos exclamou, sem olhar para o amigo.

— Se quer ir para lá, o problema é seu. De fato, o rei mandou que eu o prendesse, mas em nenhum momento lhe dei ordem de prisão, meu amigo. Pelo contrário! Pensando em sua segurança, mandei que lhe selassem um cavalo em Cours-la--Reine. De lá, você pode seguir para a Inglaterra, sem nenhum perigo — D'Artagnan confidenciou.

Athos gostou de ouvir o plano de D'Artagnan. Ficou feliz ao saber que ele continuava seu amigo e que faria de tudo para protegê-lo, mas preferia ir para a prisão, cumprindo a ordem do rei. Não queria colocar a vida do capitão em risco.

"Quando chegar à prisão, vou executar meu plano. Vai dar tudo certo! Só preciso enganar Baisemeaux, o governador da Bastilha... Conto com a sua memória atrapalhada!", D'Artagnan sorriu de suas próprias ideias.

Assim, os dois cavalgaram até a Bastilha. A imponente fortaleza, construída em 1370 na cidade de Paris, havia sido transformada num presídio político, encarcerando nobres, letrados e todos aqueles que se opunham ao governo ou mesmo à religião oficial.

Em suas torres, altíssimas, não havia sacadas ou pontes, apenas as janelas dos prisioneiros.

Capítulo 2
Um jantar na prisão

A noite calma estava iluminada por estrelas faiscantes quando Aramis, ex-mosqueteiro do rei, chegou ao presídio. Baisemeaux, o governador da Bastilha, insistiu que Aramis D'Herblay jantasse com ele.

Aramis, que se tornara jesuíta e bispo de Vannes, precisava entregar ao governador uma soma em dinheiro enviada por Fouquet, o superintendente do rei. O próprio Aramis havia sugerido que fosse dada uma ajuda de custo ao governador.

Naquela noite, no entanto, Aramis estava ali por um outro motivo, que nunca revelaria. Alguns minutos depois de sua chegada, D'Artagnan e Athos apareceram, como por encanto.

Depois que os quatro se cumprimentaram efusivamente, Baisemeaux perguntou:

— A quem devo a honra dessa visita? — Ele estranhou a presença inesperada do capitão dos mosqueteiros e de Athos, antigo mosqueteiro do rei.

— Será que se esqueceu do convite que me fez na última festa em que estivemos juntos? — D'Artagnan sabia da reputação de péssima memória do governador. Esperava que, lançando aquela dúvida, o governador ficasse atrapalhado. Contava com isso para que seu plano desse certo, afinal, chegar até o governador sem ser convidado era uma atitude inadmissível!

— É verdade! Lembro-me como se fosse hoje! — O governador acabou convidando os dois homens para jantar com ele.

— Ah, Aramis! Quem diria que nós o encontraríamos aqui? — D'Artagnan e Athos estranharam a presença do amigo.

Enquanto Athos e Aramis conversavam, D'Artagnan

pediu desculpas ao governador. Ele precisava voltar ao castelo do rei para cumprir uma ordem.

— Podem me esperar para a sobremesa! — Ele riu ao se despedir.

Athos ficou preocupado durante o jantar. Baisemeaux serviu um delicioso porco assado regado ao vinho e ervas finas, mas o ex-mosqueteiro mal chegou a tocar na comida. Aramis fez várias perguntas, querendo saber o motivo que trouxera Athos até a Bastilha, mas ele se esquivou de respondê-las. Para sua sorte, o governador entreteve Aramis com suas perguntas sobre a corte. Athos não queria revelar ao amigo que D'Artagnan recebera uma ordem do rei para prendê-lo na Bastilha.

Não muito longe dali, D'Artagnan apresentou-se ao rei, pedindo mil desculpas.

— Então você quer que eu o prenda também? Prender o meu capitão dos mosqueteiros? — O rei estranhou.

— É isso mesmo, Majestade. Fiquei com muita pena do meu amigo, naquela terrível Bastilha.

— Fale a verdade! — O rei estava furioso, porque sabia que o mosqueteiro estava tramando algo.

— Pois bem... Sua Majestade mandou que eu prendesse Athos, e só agora descobri o motivo: vingança! Vingança porque Athos defendeu seu filho Raoul, noivo daquela a quem o senhor ama! Isso é indigno de um rei. Infelizmente, Sua Majestade prefere conviver com homens mentirosos. Não admite que seus fiéis mosqueteiros apontem seus erros! Desse modo, ficará sozinho! — D'Artagnan tirou sua espada, entregando-a ao rei.

Luís XIV, lívido de raiva, jogou a espada no chão.

— O senhor acaba de ditar a minha sentença de morte insultando-me assim! — D'Artagnan abaixou-se e, pegando a sua espada, colocou-a sobre o coração.

Imediatamente, o rei tirou a espada das mãos do capitão e sentou-se para escrever uma ordem de soltura.

— Vá e liberte Athos! — disse o rei, entregando a ordem de soltura a D'Artagnan.

O mosqueteiro suspirou, aliviado.

"Meu plano deu certo!", pensou o capitão, enquanto saía em direção à prisão, deixando para trás um rei humilhado pela verdade de suas palavras.

D'Artagnan ainda estava ofegante quando entrou na sala de jantar de Baisemeaux. Falou pouco e serviu-se apenas de pão e vinho, que tomou de um só gole.

— Assunto resolvido! — exclamou, com a boca cheia.

— O rei manda prender, o rei manda soltar! — exclamou, olhando diretamente para Athos.

— Quer dizer que o nosso rei também se arrepende? — Baisemeaux comentou.

— Posso saber quem era o prisioneiro? — Aramis estava curioso.

— Provavelmente alguém que conhecemos! — Athos exclamou, com alívio.

— Bem, amigos, preciso ir embora. De novo! — O capitão levantou-se, fazendo sinal para que Athos fizesse o mesmo. Ele tinha muita coisa para contar ao amigo durante o caminho de volta. Athos, aliviado por não ter sido preso, despediu-se do governador e de Aramis e seguiu D'Artagnan.

Aramis ficou intrigado com o entra-e-sai dos companheiros, mas sabia que eles não diriam nada na presença de Baisemeaux. Assim, continuou a tratar com o governador do assunto que o trouxera à prisão.

— Soube que um de seus prisioneiros quer se confessar — Aramis observou.

— Que eu saiba, nenhum prisioneiro manifestou o desejo de se confessar! — Baisemeaux estranhou o comentário de Aramis.

— Sou um confessor filiado à Ordem... — Aramis, propositadamente, deixou a frase no ar.

O governador levou um susto ao ouvir aquelas palavras.

Ele também fazia parte da Ordem Secreta, e Aramis, com certeza, ocupava um cargo mais importante que o seu. Isso significava que teria de obedecer às suas ordens, quaisquer que fossem!

"E eu aqui, falando com um superior como se ele fosse uma pessoa qualquer!", estremeceu o governador.

— Não sei de nenhum de meus prisioneiros que queira se confessar! — O governador ainda estava assustado com o peso da revelação do bispo de Vannes.

— Pois foi esse o motivo que me trouxe aqui. O prisioneiro está muito doente e resolveu confessar seus pecados.

— Estranho... Muito estranho, senhor — Baisemeaux, nervoso, levantou-se para receber o mensageiro da Bastilha, que trazia uma mensagem. Com as mãos trêmulas, abriu a mensagem, leu-a e dispensou o rapaz.

"O bispo de Vannes sabe mais dos prisioneiros do que eu! Seldon, o prisioneiro que ocupa a cela número dois, está enfermo e pede um confessor!", dizia o bilhete trazido pelo mensageiro.

— Na verdade, o senhor tem toda razão. Vou conduzi-lo à torre do prisioneiro Seldon agora mesmo! — levantou-se, sendo seguido pelo convidado.

Capítulo 3
O segredo do prisioneiro

Assim que Baisemeaux e seu convidado saíram da sala de jantar, o governador chamou o carcereiro. Este foi à frente e os conduziu pelos corredores úmidos da prisão. O molho de chaves preso em seu cinto tilintava, produzindo um som muito triste. Aramis segurou a lanterna e iluminou o caminho escuro, por onde as ratazanas passeavam, sem se incomodar com os visitantes. Os corredores úmidos e as escadas cobertas de musgo gelavam os pés, o corpo e a alma.

Quando chegaram à torre principal, o governador pediu ao carcereiro que abrisse a porta da cela.

"Se ele pensa que vai entrar junto comigo para falar com o prisioneiro, está muito enganado!", pensou Aramis, lembrando a Baisemeaux que uma confissão devia ser feita somente na presença do padre. Assim, o governador teve de deixá-lo a sós com o prisioneiro.

Depois de certificar-se de que a porta estava trancada, Aramis olhou em volta, iluminando a cela com a lanterna. Lá estava o prisioneiro, deitado numa cama de ferro com dossel, o rosto meio encoberto por uma mecha de cabelos. Diferentemente dos outros prisioneiros, era-lhe permitido manter uma vela acesa mesmo àquela hora da noite. Perto da cama havia uma cadeira com algumas roupas e, junto à janela, uma mesa sem pena, tinta, papel ou livros. O jovem levantou a cabeça, dizendo:

— O que o senhor quer?

— O senhor pediu um confessor... — Aramis respondeu.

— É verdade. Estive doente, mas já estou bem melhor. Acho que não preciso mais do senhor. — Ele ajeitou o travesseiro, tornando a deitar-se.

— Pois acho que vai precisar de alguém... Principalmente depois de ouvir o que tenho para revelar! — Aramis observou o rosto perfeito do jovem.

— Sente-se. — O prisioneiro, parecendo desconfiado, apontou para a cadeira.

Tão logo se sentou, Aramis perguntou:

— Como é tratado aqui na prisão?

O jovem respondeu que nada lhe faltava. Aramis então quis saber o que ele fizera para merecer o confinamento.

— Não sei que crime cometi, senhor... Mas, se veio ver-me, deve saber de algo... O motivo, talvez... — Sua voz adquiriu um outro tom.

Aramis passou a falar mais baixo, indagando:

— Tem certeza de que nunca me viu? Há uns quinze anos, num lugar chamado Noisy-Le-Sec?

— Sim, recordo-me de terem apontado um cavaleiro... O bispo D'Herblay. Disseram que fora mosqueteiro do rei.

Aramis D'Herblay sorriu e confirmou que ele era o bispo de Vannes. Cada vez confiando mais em seu confessor, o jovem de aproximadamente vinte e três anos foi relatando como tinha vivido antes da prisão. Naquele época, morava em companhia de sua ama Perronette e de seu tutor, numa propriedade rural, longe de tudo, rodeada por muros altíssimos. Lembrava-se, sim, de ter visto Aramis com uma mulher vestida de preto. Emocionado, contou que seu tutor o tratava como um nobre. Era um verdadeiro professor, pois lhe ensinara, além de noções em geometria, matemática e astronomia, a montar e a lutar esgrima. Incentivado por Aramis, que queria saber tudo sobre a sua infância e adolescência, o prisioneiro relatou que, certa vez, o tutor deixou a janela aberta e um golpe de vento levou uma carta que estava sobre a mesa, que caiu dentro de um poço. Naquela época, como todo garoto curioso, ele ouviu a conversa entre o tutor e a ama. O tutor queria recuperar a carta a todo custo, porque ela continha informações importantes da rainha sobre o garoto. Assim, Filipe, como era chamado na época, resolveu descer ao poço, recuperar a carta e descobrir o segredo. Como sua roupa ficou muito molhada, ele acabou se resfriando. Teve muita febre e, em seu delírio, contou o que leu ao tutor. Este avisou a rainha do acontecido e algum tempo depois desapareceu, junto com a ama. No mesmo dia, Filipe fora preso.

— Nunca mais soube deles! — finalizou o rapaz.

— Lamento dizer que ambos foram envenenados. Quanto a seus pais... — Aramis fez uma pausa. — Seu pai já morreu, mas sua mãe está viva!

— Por favor, conte-me tudo! — o jovem implorou.

— Este segredo pode colocar minha cabeça a prêmio, mas vamos lá... — Aramis começou a contar tudo o que sabia, a começar pelo rei Luís XIII, filho de Henrique IV. Luís XIII casara-se com a rainha Ana D'Áustria. Depois de muitos anos de casamento, a rainha conseguira engravidar. Assim, no dia 5 de setembro de 1638, nasceu o garoto que herdaria o trono da França. Alguns minutos depois do seu nascimento, foi batizado e reconhecido como o herdeiro do trono. Quando o rei comemorava o acontecimento com os amigos, recebeu um chamado urgente por parte da rainha. Atônito, soube então que a rainha tivera outro bebê, após o primeiro. Num primeiro momento, o rei ficou muito feliz. Depois, uma dúvida cruel o acometeu: se tivera dois filhos homens, e gêmeos, qual deles herdaria o trono? Na França, o filho mais velho do rei deveria sucedê-lo. No entanto, na opinião de médicos e juristas, havia uma dúvida quanto à primogenitura no caso de gêmeos. Desta forma, o rei mandou chamar Richelieu, o primeiro-ministro, para que o ajudasse a tomar uma decisão. O ministro chegou à conclusão de que uma das crianças deveria ser mantida longe da corte. O segundo filho, se fosse criado com o irmão, poderia contestar a primogenitura mais tarde, ocasionando uma guerra pelo poder.

— Levado para longe de seus pais e de seu irmão, criado sem aulas de história que pudessem abrir-lhe os olhos, longe de espelhos que lhe mostrassem seu rosto, idêntico ao do rei, o garoto cresceu, até ser... — Aramis tirou do bolso da casaca um broche de porcelana com a figura do rei Luís XIV e um pequeno espelho, e entregou-os a Filipe.

— ... aprisionado na Bastilha com o nome de Seldon, para que minha verdadeira identidade não fosse revelada! — O rosto de Filipe ficou lívido de horror ao ver refletida no espelho a mesma imagem do broche. Ele era o irmão gêmeo do rei! — Como meus pais puderam fazer isso comigo?

Ao ver que ele estava prestes a gritar na cela, Aramis fez um gesto para que silenciasse. Todo o cuidado seria pouco naquele momento. Mesmo as grossas paredes da Bastilha tinham ouvidos!

— O rei nunca vai me libertar! Mesmo preso, sou uma ameaça para ele! — Filipe caminhava pela cela, com as mãos na cabeça.

Aramis aproximou-se de Filipe e cochichou:

— Vossa Alteza é que vai decidir se quer o trono para si ou não!

— Mas como posso me tornar rei se vivo encarcerado,

não tenho fortuna nem amigos? — Filipe quis saber.

— Um amigo já tem, ou acha que sou um fantasma? Esqueceu-se, senhor, de que anunciei minha vinda à prisão em um bilhete escondido dentro de um pão? Como acha que fiz isso? Subornando um guarda, é claro!

Os olhos de Filipe adquiriram um brilho de esperança enquanto o bispo falava. Era verdade. Ele sabia que o bispo viria. Ao partir o pão, dias antes, vira um pequeno papel com o aviso. Como poderia ser uma trama armada pelo governador do presídio, decidira ficar quieto. Não chamara o guarda ou o carcereiro, apenas ficara em silêncio.

— Como pode livrar-me dessa prisão? — Filipe pensou em sair dali o quanto antes. Estava mais interessado em respirar o ar puro que lhe fora negado do que em tirar o irmão do trono da França. — Eu gostaria muito, meu caro bispo, de poder ouvir o som das águas de um rio, o canto dos pássaros, admirar um pôr do sol, sentir as gotas de chuva no meu rosto... Se pudesse ter essa liberdade, já ficaria feliz! — Filipe ficou junto à janela. Seu rosto adquiria cor enquanto falava!

— Se aceitar o meu plano de ficar no lugar do seu irmão, terá tudo isso! Saiba, Vossa Alteza, que esse lugar é seu por direito.

— E meu irmão? O que será feito dele?

— Ocupará seu lugar aqui na Bastilha. Não acha isso justo? — Aramis alisou a ponta do bigode.

Filipe concordava em parte:

— Depois de tudo consumado, libertarei meu irmão. Vingança é uma atitude pequena, que não aprovo! — decidiu Filipe. Emocionado, agradeceu ao bispo. Devia-lhe a sua vida e prometeu que dali por diante faria tudo para honrar a França, governando o país da melhor maneira possível. Faria mais: concederia metade de seu poder a Aramis.

— Sei que agi de maneira correta ao contar-lhe esse segredo! — O bispo sentiu-se feliz com a gratidão do futuro rei. O jovem tinha uma personalidade íntegra e bom caráter, tudo o que faltava a Luís XIV. — Vossa Alteza tem um bom coração! — Aramis ajoelhou-se, beijou a mão do futuro rei da França e prometeu que logo enviaria orientações de como proceder.

Depois de se despedir de Filipe, Aramis pediu ao carcereiro que abrisse a porta. Felizmente, eles haviam se prevenido falando baixo, porque, assim que abriu a cela, o bispo encontrou Baisemeaux encostado junto à parede.

— Para alguém que está aprisionado há oito anos, os pecados são muitos! — O governador ficou vermelho ao ser pego em flagrante.

Aramis não respondeu. Queria sair o quanto antes da Bastilha, porque o peso do segredo que carregava na alma parecia aumentar a cada passo que dava.

— Temos um acerto a fazer... — Aramis tirou do bolso um saquinho de veludo.

O governador ficou radiante. A ajuda de custo vinda do senhor Fouquet era sempre bem-vinda. O governador sorriu, tratando de pegar logo o dinheiro. Ficou tão feliz que não amolou mais Aramis com suas perguntas sobre o prisioneiro. Era isso mesmo que o bispo pretendia ao lhe dar a vultosa soma.

"O dinheiro é capaz de calar as perguntas até dos mais curiosos!", o bispo de Vannes pensou. Aramis se despediu de Baisemeaux e, logo que saiu da prisão, suspirou aliviado.

"Tenho muitas coisas a fazer!", pensou.

Capítulo 4
O alfaiate do rei

Jean Percerin era considerado o melhor alfaiate da França. Por isso, tornou-se o responsável pelas roupas do rei. Vindo de uma tradicional família de alfaiates, sabia dar um caimento perfeito aos veludos mais caros e aos mais sofisticados bordados. Seus clientes mais importantes eram Luís XIV e, claro, o próspero senhor Fouquet. Só depois de atender às encomendas dos dois é que Percerin atendia aos barões, condes e viscondes. Jamais fazia roupas para os burgueses ou os membros mais recentes da nobreza, que não tinham estirpe alguma. Também não aceitava clientes novos, porque mal tinha tempo para atender aos antigos. Sua irmã trabalhava com ele, dedicando-se aos bordados em ouro e prata.

Havia algumas semanas que o homem mal tinha tempo para se alimentar. Pudera! A festa que o senhor Fouquet preparava para o rei fizera com que todos os nobres corressem atrás de novas vestimentas. Na corte, só se falava nisso ultimamente!

Por esse motivo, Porthos estava muito contrariado. Assim que D'Artagnan apareceu para visitá-lo e perguntou se estava bem, disparou:

— Estou péssimo! Nunca estive tão mal, meu amigo!

— Mas o que aconteceu? Não me parece doente! — D'Artagnan estranhou.

Porthos então contou o motivo de seu mau humor. Como ele detestava tirar medidas para que Percerin confeccionasse novas roupas, costumava mandar o criado em seu lugar. Mosqueton, no entanto, engordara muito, e por isso Porthos havia perdido toda a roupa nova, que ficara enorme!

— Além disso, há um outro problema... — Porthos

andava de um lado para o outro. — Percerin recusou-se a me atender. — Ele estranhara a atitude do alfaiate.

— Calma, deve ter havido algum engano, Porthos. Sabe o que podemos fazer? Vamos juntos até a casa de Percerin. Tenho certeza de que ele vai atendê-lo imediatamente. — D'Artagnan prontificou-se a acompanhar o amigo até o ateliê do alfaiate. Porthos concordou na hora. Depois de um bom almoço, regado ao melhor vinho da região, os dois cavalgaram até a famosa casa da rua Saint Honoré.

Uma multidão de pajens e lacaios aglomerava-se na porta do ateliê. A maioria deles trazia bilhetes de seus patrões, pedindo por atendimento. Um criado explicava pacientemente a todos que Percerin não poderia atender ninguém. Não alteraria a ordem da fila nem aceitaria subornos. Tinha muito trabalho, afinal, ocupava-se inteiramente dos cinco trajes que o rei usaria no dia da festa preparada pelo senhor Fouquet. D'Artagnan levantou o braço direito e bradou em voz alta:

— Deixem-me passar. Preciso falar com o senhor Percerin. Ordem do rei! — Sua altura e seus ombros largos, a roupa de mosqueteiro e a espada reluzente eram suficientes para afastar não só uma pessoa, mas uma multidão.

Porthos, tão alto quanto D'Artagnan e mais gordo do que ele, postou-se logo atrás. Desta forma, o criado não só abriu a porta, como fez um gesto de reverência para os dois. Porthos e D'Artagnan foram levados ao ateliê, onde nobres conversavam sobre política e ajudantes corriam com peças de tecido, tesouras e linhas. Ao fundo da sala, estava Percerin, de mangas arregaçadas, fazendo ajustes num belo traje. Aparentando mais do que os seus quarenta anos, de pele muito branca e olhos azuis brilhantes, o alfaiate era tão baixinho e magro que poderia ser lançado ao ar com facilidade. D'Artagnan fez um sinal para que Porthos ficasse atrás dele enquanto se dirigia a Percerin.

— Meu caro Percerin! Como vai? — Tirou seu chapéu emplumado e cumprimentou o alfaiate.

— Ocupadíssimo, como sempre, senhor capitão — Percerin nem desviava os olhos de sua costura.

— Trouxe-lhe um conhecido freguês: meu amigo Porthos, barão du Vallon de Bracieux de Pierrefonds — disse D'Artagnan.

— Agradeço-lhe, capitão, mas não posso atendê-lo agora. Quem sabe, depois da festa do rei... — Percerin respondeu, sem dar muita importância.

D'Artagnan ficou preocupado. Se Porthos ouvisse aquela recusa, teriam problemas, certamente. Por sorte, ele se distraíra, conversando com um duque que não via há tempos.

— Lembre-se de que Porthos é amigo do superintendente Fouquet. Além disso, se o atender, estará atendendo a mim também! — Aramis exclamou, aproximando-se da mesa de Percerin.

D'Artagnan mal pôde acreditar quando o viu. Era mesmo muita coincidência que seu amigo Aramis estivesse ali também.

— Aramis D'Herblay! Meu amigo, o bispo de Vannes! — D'Artagnan cumprimentou-o efusivamente.

"Que falta de sorte! Espero que ele não perceba o que vim fazer aqui de verdade!", Aramis disfarçou o quanto pôde.

— Se tivéssemos combinado esse encontro, não teria dado tão certo! — Aramis tentou ocultar seu desapontamento.

Percerin tinha muita consideração por Aramis e resolveu atender ao seu pedido. Com um gesto, chamou um de seus ajudantes e pediu:

— Conduza o barão à sala de medidas. — Fez um gesto apontando para Porthos, ainda entretido com a conversa.

Porthos não estranhou a presença de Aramis no ateliê. Ultimamente, só pensava na roupa que vestiria na festa do rei.

Enquanto isso, D'Artagnan, todo curioso, perguntou a Aramis:

— Vai fazer uma roupa nova para a festa?

— Não... — Aramis alisou o cavanhaque. — Na verdade, outro motivo me trouxe aqui. O senhor Lebrun, um dos mais renomados desenhistas de Fouquet, vai ajudar-nos com uma surpresa para o rei — ele baixou a voz, chamando o desenhista para perto deles.

Ao perceber que se tratava de assunto sigiloso, o senhor Percerin puxou a cortina atrás de si e, indicando uma porta, convidou a todos para ir a outro recinto.

O senhor Lebrun, homem de poucas palavras, era grisalho, de estatura mediana e tinha o olhar sonhador de um artista. Tão logo entrou na sala, postou-se num canto com seu cavalete, pincéis e tinta.

— Pois bem — Aramis continuou. — Sei que o senhor está preparando cinco trajes para o rei: um de brocado, um para a caça, um em veludo, um em seda e o último em seda de Florença.

Percerin ficou assustado.

— Como é que ficou sabendo disso? É segredo! Um segredo trancado a sete chaves! — O pobre homem ficou lívido de susto.

— Pois acredite que o bispo sabe de muitas outras coisas! — D'Artagnan murmurou.

Perante um Aramis cheio de si, o alfaiate desafiou:

— Impossível que também saiba a cor dos tecidos e os desenhos dos bordados! Impossível!

— Por isso vim até aqui, acompanhado do senhor Lebrun — Aramis continuou. — É preciso que o senhor nos mostre todos os tecidos, os bordados, os desenhos, enfim. Quero ver as roupas que estão sendo confeccionadas para o nosso rei.

Percerin empalideceu e começou a tossir. Depois de tomar um gole de água, respondeu que era humanamente impossível atender àquele pedido. D'Artagnan concordou com o alfaiate: as roupas do rei eram um segredo muito bem guardado. No entanto, como estava intrigado com a atitude de Aramis, ele o estimulou:

— Conte, caro amigo, por que precisa tanto ver antes a roupa de nossa majestade.

Aramis, com um olhar muito vivo, pôs-se a caminhar pela sala, dizendo que Fouquet queria presentear o rei com cinco pinturas.

— Para cada ocasião, um quadro. Para cada roupa, uma pintura! Por isso, preciso das amostras usadas por seu alfaiate, o exímio Percerin. Os senhores podem imaginar a alegria do rei ao receber tais presentes?

— É verdade! Mas que ideia fantástica! — Percerin exclamou, entusiasmado.

— Aposto que a ideia foi sua! — D'Artagnan sabia que Aramis sempre tivera boas ideias.

— E então? O que acha de participar dessa maravilhosa surpresa real? — Aramis indagou ao alfaiate. — Com as amostras ao lado, Lebrun poderá reproduzir com exatidão as roupas do rei.

— Bem, eu... eu... — Percerin não sabia o que dizer.

— Posso compreendê-lo se a resposta for não. Direi ao rei que seu alfaiate é um homem temeroso, que tem muito zelo. Se ele ficar bravo com sua oposição, vou acalmá-lo dizendo que a nobreza de espírito de Percerin e sua... — Aramis gesticulava, como se estivesse realmente se reportando ao rei.

— Não! Eu não me oponho! — Depois de apontar uma cadeira para Lebrun, o alfaiate pediu licença e foi buscar os desenhos e os tecidos.

D'Artagnan estava intrigado.

"O que será que Aramis tem em mente? Daria minha espada para descobrir o que ele está tramando!", pensou.

Quando o alfaiate voltou, trouxe os tecidos e colocou-os nos manequins, dizendo:

— Pronto. Agora o senhor Lebrun pode começar a trabalhar! — Percerin ficou todo satisfeito.

Lebrun aproximou-se das amostras e começou a copiá-las. Para a surpresa do alfaiate e de D'Artagnan, Aramis puxou as cortinas, olhando pela janela, e ponderou:

— É melhor levarmos as amostras. A luz está muito ruim, não acha? — Dirigiu-se a Lebrun, que concordou com a cabeça. De acordo com o artista, aquela luz não permitia enxergar as verdadeiras tonalidades dos trajes reais.

— Com essa luz, os quadros não irão contentar o nosso rei! — Aramis abanou a cabeça. — Vaidoso como é, ele detestará o presente! — concluiu.

"O que será que ele quer realmente, levando as amostras?", D'Artagnan estava ainda mais intrigado.

— Corte as amostras, Percerin. Lebrun fará um belo trabalho num lugar mais favorável à arte! — pediu.

Percerin obedeceu e cortou, ainda que tremendo de medo, as cinco amostras, enquanto Lebrun terminava de fazer os desenhos.

De posse das amostras, Aramis despediu-se do alfaiate, agradecendo pelo serviço que havia prestado. O rei, com certeza, agradeceria pessoalmente por tanta gentileza.

— Espero revê-lo em breve! — Aramis D'Herblay despediu-se de D'Artagnan.

— E eu espero não ter sido seu cúmplice naquilo que está, com certeza, tramando! — D'Artagnan cochichou no ouvido do bispo.

Aramis sorriu com o comentário, sugerindo em seguida que D'Artagnan fosse verificar como estava Porthos. Vaidoso como era, ia querer escutar elogios sobre o tecido escolhido.

Depois de se despedir de Aramis, D'Artagnan dirigiu-se à sala onde estava Porthos, enquanto o bispo apressava-se em selar seu cavalo.

"Espero que D'Artagnan não arruíne meus planos!", Aramis pensou ao partir com Lebrun em direção à casa do superintendente Fouquet.

Capítulo 5
Outro jantar na prisão

Aramis estava bem inquieto quando chegou à casa do superintendente Fouquet. Conhecia D'Artagnan e temia ter despertado a desconfiança do capitão dos mosqueteiros do rei.

"Pelo menos consegui as amostras dos tecidos!", sorriu, apertando-as no bolso de sua casaca. Depois de deixar Lebrun em companhia de outros artistas no salão das artes, foi até a sala privativa de Fouquet.

— Como vai, senhor Fouquet? — o bispo de Vannes cumprimentou o amigo.

— Mal... — Fouquet estava num péssimo humor. — Estou a cada dia mais pobre! Esta festa para o rei deixou-me arruinado! — completou, com um suspiro.

— Eu disse que cuidaria do dinheiro para o senhor. Por acaso não confia em mim? — Aramis indagou.

— Lembro que me prometeu milhões... mas, até agora, não recebi nada! — Fouquet apertou os olhos.

Aramis também se lembrava de sua promessa, obviamente. E sabia que Fouquet desconfiava dele. Afinal, onde um ex-mosqueteiro, agora bispo de Vannes, iria buscar recursos?

— Homem de pouca fé! — Aramis aproximou-se, sentando-se na cadeira ao lado de Fouquet. — Tão logo tenha concluído meu plano, o senhor receberá. Bem, agora vamos ao que interessa — mudou rapidamente de assunto. — Acabo de chegar do ateliê de mestre Percerin, em Paris.

— Não entendo por que isso me interessaria! — O superintendente estava impaciente.

— Estou preparando uma surpresa que o senhor vai oferecer ao rei!

— E quanto me custará este presente?

Aramis explicou que se tratava de um quadro e que Lebrun em breve diria o preço da obra de arte. Entretanto, estava ali por um outro motivo: precisava de uma carta de Fouquet endereçada ao ministro da justiça, pedindo a libertação de um prisioneiro da Bastilha. O superintendente logo quis saber quem era o tal homem e Aramis o tranquilizou, dizendo que o único crime cometido pelo jovem fora redigir uns versos em latim contra os jesuítas.

— Que injustiça! Quer dizer então que o pobre moço foi aprisionado por ter feito isso? — Fouquet levantou-se, foi até sua mesa e escreveu uma carta ao ministro, pedindo a libertação do rapaz. Em seguida, colocou seu lacre abaixo da assinatura. — Leve este dinheiro para o coitado. — Colocou algumas notas junto da carta, dizendo que deviam ajudá-lo a recomeçar a vida.

Depois de agradecer, Aramis partiu para a casa do ministro da justiça. Depois de entregar-lhe a carta, ele se dirigiu rapidamente para a Bastilha.

O governador, depois do último jantar, já não se sentia tão à vontade na presença de Aramis. Mesmo assim, alegrou-se ao vê-lo novamente.

"São tão poucas as pessoas que vêm me visitar aqui na Bastilha", pensou, enquanto oferecia ao bispo de Vannes o seu melhor vinho.

— Vai jantar comigo, é claro! — convidou, depois de elogiar os novos trajes do amigo. — Às vezes penso estar na presença de duas pessoas completamente diferentes. Ontem, o bispo veio visitar-me com um ar de sacerdote, todo misterioso. Hoje, trajado de forma tão elegante, parece ter retomado seu antigo cargo de mosqueteiro do rei.

— Obrigado, caro governador, mas os assuntos da Igreja nem me passam pela cabeça hoje. — Aramis aceitou o vinho de muito bom grado. — Como faz calor aqui! — exclamou. — Importa-se de abrir as janelas?

— Costumo deixá-las fechadas porque os empregados

fazem muito barulho lá embaixo — Baisemeaux explicou. — Mas pode abri-las, se quiser.

Aramis levantou-se e, ao abrir as janelas, disse:

— Assim é melhor, pois poderá ouvir o mensageiro, quando chegar.

Baisemeaux retrucou que não esperava nenhum mensageiro naquela noite, e que podiam continuar ceando tranquilamente.

— Nunca se sabe... — o bispo deixou a dúvida no ar.

O governador, animado com a presença de Aramis, tomou vários copos de vinho durante o jantar e nem escutou a chegada de um mensageiro, algum tempo depois. Um criado bateu à porta, avisando que acabara de chegar um mensageiro, portando uma carta. Baisemeaux respondeu que não receberia ninguém, e Aramis interferiu:

— Creio que devemos dar bom exemplo aos nossos empregados, caro governador. — Aramis piscou o olho para ele, e depois continuou comendo o assado.

Baisemeaux, que já havia tomado mais vinho do que deveria, ordenou ao empregado que entrasse com a correspondência. Assim que o rapaz entrou na sala de jantar, o governador tomou-lhe a carta das mãos e a leu. O bispo, fingindo que não estava interessado, comentou:

— Tomara que não seja nada urgente!

— Uma ordem para soltar um preso, a essa hora da noite! — estranhou o governador, dispensando o empregado em seguida.

— Bem, se o prisioneiro é importante...

— Pelo contrário. Seldon, o preso da cela número dois, é um pobre coitado! Quem esperou até agora pode esperar até amanhã. Sendo assim, vou terminar meu jantar tranquilamente — Baisemeaux sentou-se à mesa e continuou a comer.

— Meu caro governador, o senhor bem sabe que sou um bispo. Não preciso lembrá-lo de que a caridade e a bondade...

O homem concordou prontamente e chamou um empregado à sala, pedindo a ele que chamasse o carcereiro. Enquanto isso, caminhava a passos largos pela sala, impaciente.

— Está certo, vou cumprir a ordem que recebi. Mas, depois de solto, para onde a pobre criatura irá, sozinha, a essa hora da noite?

— Não seja por isso, posso levá-lo em minha carruagem — o bispo ofereceu prontamente.

Quando o carcereiro apareceu, ele foi logo pedindo:

— Liberte o prisioneiro da cela número dois!

O governador seguiu as regras da prisão e acompanhou o carcereiro à cela do prisioneiro. Depois de tê-lo libertado, restituiu-lhe seus pertences.

— Aqui está o homem, senhor! — Entregou-o a Aramis. — Agora ele é livre.

O jovem olhou para Aramis, como se estivesse pedindo socorro. Aramis aproximou-se e, numa voz que gelou o governador, assegurou:

— Que Deus o abençoe em sua Santa Glória!

Baisemeaux acompanhou os dois até o último degrau da Bastilha.

O bispo conduziu o rapaz até sua carruagem, fez um sinal para o cocheiro e eles partiram. Rapidamente, os portões foram se abrindo. Quando a carruagem ultrapassou a última barreira, Aramis suspirou, aliviado.

"Mais uma etapa vencida!" Olhou pela janela e, ao ver o luar que embalava a noite, sentiu seu coração se acalmar.

Capítulo 6
A decisão

Finalmente, quando chegaram à floresta de Sénart, o cocheiro atendeu à ordem dada anteriormente por Aramis e escondeu a carruagem atrás de algumas árvores.

— O que aconteceu? — O rapaz parecia ter acabado de acordar.

— Precisamos conversar, príncipe Filipe. Não há ninguém por aqui que possa nos ouvir. Além do mais, o cocheiro é surdo. É importante que me escute com atenção. O rei, seu irmão, apesar de ter vivido em liberdade, sente-se tão aprisionado quanto o senhor. Teve uma infância infeliz; sua mãe vivia chorando pelos cantos devido à ausência do segundo filho, a sua ausência, como sabe. Sua alma encheu-se de raiva, ódio e humilhação. É um rei prepotente, cheio de orgulho, que governa de modo tirano. Não me arrependo de devolver à França seu outro rei, o rei Filipe! Agradeço a Deus por me fazer instrumento desse ato. Sou o superior de uma ordem cujo lema é "Deus é paciente porque é eterno". Fui paciente, e ainda sou. Esperei muito até conseguir libertá-lo e sei que faremos coisas tão grandiosas que seremos lembrados por todos durante muito, muito tempo.

— O que pretende receber em troca, coroando-me rei da França?

— Sua gratidão, nada além disso. Deus orienta-me para que Vossa Alteza, hoje príncipe, receba o trono como rei. O senhor também é filho de Luís XIII, é irmão do rei Luís XIV e tem os mesmos direitos que ele, além de ter o mesmo rosto. Sentará em seu trono, sem que ninguém repare a diferença.

— Quer dizer que não pretende matá-lo?

— Não, claro que não. O senhor fará com ele o mesmo

que fizeram com o senhor... O rei Luís terá a cela como lar, a Bastilha como castelo.

Filipe suspirou aliviado e perguntou quem mais compartilhava daquele segredo. Aramis informou-o de que apenas outras duas pessoas sabiam de tudo: sua mãe, a rainha Ana D'Áustria, e sua amiga, a senhora de Chevreuse. Elas nada poderiam fazer contra Filipe, desde que ele agisse como seu irmão Luís. Se Filipe havia permanecido enclausurado por dez anos, poderia deixar o irmão aprisionado por tempo idêntico. Depois disso, poderia enviá-lo a algum lugar distante, como exilado.

— Prefiro que Luís receba o exílio... É menos desumano! — Filipe teve pena do irmão que nem chegara a conhecer.

O bispo continuou, falando dos perigos que correriam caso Filipe não desempenhasse seu papel com perfeição. O jovem interrompeu o bispo e, com o rosto transtornado, disse:

— Há um outro obstáculo para esse plano, senhor: o remorso que terei. O remorso vai corroer minha alma, minha consciência gritará...

— O remorso é um sentimento que só aos fracos pode abalar! — interrompeu Aramis. — Um guerreiro indeciso é facilmente dominado. Se o que almeja é uma vida pacata, conheço o lugar perfeito. Lá, poderá viver junto a pescadores, usufruir de um belo rio com muitos peixes, caçar numa densa floresta. O local é desconhecido de todos, e nunca será importunado. Posso escoltá-lo até lá, sem nenhum problema. Tenho dinheiro o bastante para comprar-lhe essa região. Mesmo tendo falhado em minha missão de conduzi-lo ao trono da França, terei tido êxito em proporcionar-lhe felicidade. O senhor sabe o quanto me arrisco nessa missão. Estou pondo minha cabeça a prêmio, correndo o risco de ser assassinado ou de passar o resto de meus anos na Bastilha! — Olhou para Filipe. — Saiba que, ao aceitar a missão, terá de enfrentar os mesmos perigos que eu.

— Dê-me algum tempo para pensar em sua proposta... Preciso falar com Deus, aconselhar-me com Ele — Filipe pediu. Aramis atendeu ao seu pedido e, rapidamente, abriu a porta do coche para que ele descesse.

O jovem desceu lentamente da carruagem, como se temesse colocar os pés sobre a relva. Cambaleava a cada passo que dava, desacostumado que estava de pisar sobre o imenso tapete verde que a natureza lhe oferecia de presente após tantos anos de clausura.

Estavam a quinze de agosto, e eram onze horas da noite. Grossas nuvens formavam-se no céu, denunciando pesada chuva. O perfume da grama e dos enormes carvalhos da floresta misturava-se ao cheiro da chuva.

Filipe cruzou os braços sobre o peito, com a alma inquieta a conversar com Deus, suplicando a Ele que o iluminasse.

Aramis, que observava o rapaz da janela do coche, esperava que ele tomasse a decisão acertada.

Ao fim de dez minutos de oração, o jovem, com olhar firme e corajoso, decidiu:

— Vamos partir em busca da coroa da França!

Aramis sentiu tanta convicção na resposta do jovem que nem perguntou se ele ainda tinha dúvidas.

"Sim, ele demonstra firmeza de caráter, uma das principais virtudes de um bom monarca!", sorriu o bispo, aliviado.

— Será um rei poderoso, senhor! — Aramis garantiu, para logo em seguida tratar de outro assunto importante. — Espero que tenha recebido as instruções que enviei ao senhor na Bastilha, nessa madrugada — continuou.

— Sim, recebi e estudei tudo com riqueza de detalhes. Sei tudo sobre minha mãe, suas doenças, seus costumes, suas queixas frequentes. Também conheço tudo sobre meu irmão caçula, o duque de Orleans. É moreno, de rosto pálido, não ama sua esposa, Henriette, por quem Luís foi apaixonado um dia. Ele ficou muito bravo quando Henriette expulsou sua amada Louise da corte.

— Esta é quem merece mais cuidados. É difícil enganar uma mulher apaixonada e ela ama seu irmão Luís — recomendou Aramis.

— É loira, tem os olhos muito azuis e escreve cartas para ele todos os dias. Meu irmão fez com que ela terminasse o noivado com Raoul, filho de Athos, seu ex-mosqueteiro.

Filipe continuou descrevendo as pessoas que rodeavam seu irmão:

— O ministro Colbert é inteligente, tem uma vasta cabeleira e odeia Fouquet. Pelo visto, não é preciso preocupar-me com ele, pois será exilado.

Aramis aplaudiu o príncipe. Ele tinha aprendido tudo sobre Colbert e mais: sabia que seria preciso afastá-lo da corte.

— Quanto a D'Artagnan... — continuou.

— Com ele, todo cuidado é pouco! — advertiu Aramis.

— Quer dizer que será necessário exilar também o capitão dos mosqueteiros?

— De modo algum. Só peço que tome cuidado com ele. D'Artagnan é totalmente devotado ao rei. Eu mesmo contarei tudo a ele, mas preciso esperar pelo momento certo. Minha preocupação agora é com Raoul... — Aramis franziu a testa. — Vossa Alteza sabe, o filho de Athos. É como se ele fosse filho de todos nós, ex-mosqueteiros do rei. Vimos esse rapaz crescer, apaixonar-se por Louise...

— ... a quem o rei conquistou. É isso que o preocupa? — Filipe tentou acalmar Aramis. — Farei com que a moça desista do amor que sente por mim. — E, pela primeira vez, Filipe começou a falar e agir como se fosse Luís XIV. — E que volte para os braços do antigo noivo. Espero que ele consiga perdoá--la! — concluiu.

Aramis respirou aliviado. Filipe era mesmo um jovem de bom coração e boa índole.

— E quanto a Fouquet? — Filipe quis saber. — Devo mantê-lo como superintendente?

— Por enquanto, sim. Depois, poderá deixá-lo reinar apenas entre os artistas. Assim, ele não fará mal nenhum.

Filipe ficou apreensivo e desabafou, dizendo que não tinha outros amigos, além de Aramis. Desconhecia os assuntos da corte e precisaria de um primeiro-ministro. Assim que fosse coroado rei, nomearia Aramis para o cargo. O bispo recusou o convite, dizendo:

— Prefiro que o senhor governe com a cabeça e a espada. Para mim, deixe a tarefa de governar as almas das pessoas — O bispo D'Herblay queria primeiramente ser nomeado cardeal, para então ser eleito papa.

— Agora me conte como será feita a troca. O senhor sabe... — O jovem respirou fundo.

Aramis contou-lhe todos os seus planos e também segredou-lhe que, durante a festa oferecida por Fouquet, daria um sedativo a Luís XIV. Depois que ele adormecesse, Aramis o tiraria de sua cama e o levaria por uma passagem secreta.

— Quando Luís XIV acordar, já estará dentro da prisão! — exclamou.

Filipe estendeu sua mão a Aramis, como agradecimento por tudo que havia feito. O bispo ajoelhou-se e, em seguida, prometeu-lhe fidelidade e devoção.

— Peço-lhe também que seja como um pai para mim... O pai que sempre desejei ter e nunca tive! — Emocionado, Filipe abraçou Aramis, que ficou feliz com o pedido do rapaz, pois já sentia amor por ele.

Assim, os dois retornaram à carruagem e, sob as ordens de Aramis, o cocheiro os conduziu à estrada que levava a Vaux-Le-Vicomte.

Capítulo 7
O castelo de Vaux-Le-Vicomte

Nicolau Fouquet havia construído o castelo de Vaux-Le-Vicomte alguns anos antes. Gastara uma fortuna nesse castelo, empregando três profissionais bastante conhecidos: o arquiteto Levau, o desenhista de jardins Le Nôtre e o decorador e pintor Lebrun, o mesmo que estivera com Aramis no ateliê de Percerin. O castelo, circundado por bosques e jardins maravilhosos, era tão grandioso que mais parecia a residência de um rei.

Fouquet queria que o dia dezesseis de agosto fosse sempre lembrado como o dia em que fora preparada a maior festa da França para receber o rei.

Os criados fizeram de tudo para impressionar Luís XIV: lustraram a prataria, lavaram as louças, assaram quitutes variados, prepararam manjares, lavaram frutas de todas as espécies, muitas das quais nem sabiam o nome, cobriram o leito do rei com lençóis do linho mais fino e da renda mais delicada. O artista contratado para entalhar uma coroa banhada a ouro, enfeitada com legítimas pedras preciosas, deu os últimos retoques no trabalho. Impossível que o rei não admirasse o resultado!

O superintendente inspecionava tudo pessoalmente, conferindo cada detalhe:

— Nada pode ficar fora do lugar. Nada pode desagradar ao nosso rei!

Molière e seu grupo de atores também foram convidados pelos amigos de Fouquet. Eles haviam ensaiado uma peça e esperavam que o rei a apreciasse. Escritores renomados, como La Fontaine, também já estavam a postos.

Quando o superintendente avistou Aramis, pediu a ele que se ocupasse dos convidados e de seus aposentos. Também deixou ao encargo do bispo designar criados para os convidados. Todos deveriam sentir-se como reis e rainhas em seu castelo, desfrutando o máximo conforto.

Preocupado com os fogos de artifício que mandara preparar para abrilhantar a festa, Fouquet foi inspecioná-los pessoalmente. Depois de conferir os fogos, examinar a galeria, a capela e o teatro, Fouquet avistou Aramis junto à escada.

— Acompanhe-me, por favor, até a sala dos artistas. Preparei uma bela surpresa para Luís XIV! — pediu o bispo.

Curioso, Fouquet o acompanhou. Quando entrou na sala, deparou-se com o mestre Lebrun, todo sujo de tinta, dando os últimos retoques num quadro. Nele, o rei surgia magnificamente vestido num traje de gala, um daqueles que o alfaiate Percerin mostrara a Aramis dias antes.

Fouquet ficou mudo, tamanha foi a emoção que sentiu ao ver um quadro tão fiel à imagem do rei.

— Ele parece estar respirando! — Emocionado, o superintendente abraçou Lebrun e Aramis. Ao ouvir o sinal de seus guardas, ele interrompeu os cumprimentos e disse:

— As sentinelas chegaram. O rei está a caminho e deve chegar aqui em uma hora! Sei que o rei não gosta de mim, e eu também não gosto dele. Mas sinto que ele tem algo sagrado! Além disso, ele é meu rei! Talvez venha a gostar dele um dia... — concluiu o superintendente.

— O senhor dirige esse comentário à pessoa errada. Não sou eu quem deveria ouvir suas palavras, mas sim Colbert, o ministro das finanças.

— Por quê? — Nicolau Fouquet não entendeu aonde Aramis queria chegar.

— Porque depois que Colbert assumir o seu cargo... O senhor sabe que ele sempre quis ser o superintendente, e fará tudo para conseguir isso! Até inventar coisas... — Aramis fez uma pausa. — Sendo assim, ele pode vir a dar-lhe uma pensão, quando o senhor ficar mais pobre. Uma ajuda! — Aramis lançou a intriga.

Fouquet empalideceu. Ele não entendia por que o bispo estava dizendo aquelas palavras, que lhe causaram um mal imediato. Ainda pálido, tentou prosseguir a conversa, perguntando a Aramis onde ficavam seus aposentos.

O bispo, sem se alterar, respondeu que se alojara no quarto acima do aposento real. O superintendente considerou a escolha uma verdadeira lástima, dizendo:

— O senhor não poderá fazer nenhum barulho, para não acordar o rei!

— Fico em minha cama lendo até tarde... — Aramis o tranquilizou. — Além disso, trouxe apenas um criado comigo.

Nicolau Fouquet despediu-se de Aramis, pois ainda precisava vistoriar alguns aposentos.

Às sete horas da noite, Fouquet, sua esposa e toda a comitiva de nobres, artistas e empregados mais qualificados colocaram-se à frente do castelo. Queriam estar juntos para recepcionar o rei Luís XIV.

Ao chegar, o rei apeou graciosamente de seu cavalo. A um gesto de Fouquet, luzes acenderam-se em todas as janelas, salões e jardins, iluminando árvores, estátuas e vasos, o que de fato impressionou a todos.

Fouquet apressou-se em ajudar o rei a descer do cavalo, depois de beijar sua mão. Em seguida, ajudou o duque de Orleans, irmão do rei, enquanto madame Fouquet recepcionava a rainha, a princesa Henriette, Louise de La Vallière e as demais damas da corte.

Logo depois, o sorriso de Luís XIV foi diminuindo, até que seus lábios se apertaram e seu rosto se contraiu numa estranha careta.

"Enquanto Fouquet vive neste castelo maravilhoso, é servido em baixelas de ouro, possui quadros pintados por artistas renomados, bebe vinhos dos quais nem sei o nome, eu, o rei da França, sou obrigado a viver no Louvre, onde as pratarias antigas de outros reis não passam de velharias!", pensou, ao vislumbrar os magníficos salões do castelo.

Capítulo 8
A intriga de Colbert

D'Artagnan, Porthos e Aramis elogiaram a festa, que tinha sido magnífica.

D'Artagnan continuava intrigado com a atitude de Aramis. A caminho do quarto do amigo, ele ia pensando:

"O que Aramis e Fouquet estavam preparando? Aramis disse que Lebrun ia pintar o rei, seguindo os desenhos e as amostras das roupas que Percerin confeccionou... No entanto, a insistência dele em levar as amostras para Lebrun copiar é muito estranha... Mais luz, cores exatas, tons idênticos... Aramis deve estar escondendo alguma coisa!".

— Diga-me, caro bispo de Vannes, qual é o seu plano? — indagou, ao entrar no quarto.

— Plano? Que plano? — Aramis procurou ficar calmo para que o fiel mosqueteiro do rei não percebesse nada.

— Estou intrigado com suas atitudes. — D'Artagnan falou das suspeitas que tivera em relação ao comportamento de Aramis.

O bispo respondeu que o capitão não tinha motivos para suspeitar de nada. Fouquet sabia que Colbert não gostava dele e que vivia fazendo intrigas para o rei. Com aquele presente, Fouquet imaginava que o rei ficaria tão agradecido e comovido que não daria mais ouvidos às infundadas intrigas do ministro.

D'Artagnan pareceu satisfeito com a resposta e Aramis, mais uma vez, conseguiu conduzir a conversa com habilidade. Ao desviar o assunto para a inveja que o ministro Colbert sentia do superintendente Fouquet, ele tranquilizara D'Artagnan, o que lhe daria mais tempo para a execução de seu plano.

Assim, o capitão despediu-se de Aramis. Numa coisa os dois amigos concordavam: Fouquet havia gasto toda a sua fortuna para impressionar o rei, que estava visivelmente muito irritado.

Assim que D'Artagnan saiu, Aramis procurou Porthos.

— Preciso de sua ajuda, meu amigo. Peço-lhe, em nome de nossa amizade, que nada pergunte. O que faremos é para salvar o trono da França. — Ele contou a Porthos apenas parte do plano. — Precisamos tirar o rei do castelo e levá-lo para a Bastilha, em segurança. Ninguém pode saber disso. Ninguém! — Sem a ajuda de Porthos, Aramis não poderia trocar Luís por Filipe. Porthos era alto, forte e, principalmente, um amigo fiel.

Porthos concordou em ajudar Aramis, sem perguntar-lhe nada.

O bispo de Vannes sentiu uma ponta de remorso. Sabia que, ao envolver seu amigo, ele também correria grande perigo se o plano fracassasse. No entanto, precisava confiar que tudo daria certo.

O banquete da noite anterior deixara em segundo plano todos os banquetes oferecidos pelo rei em seu próprio castelo, no Louvre. A irritação de Luís XIV tornava-se mais intensa a cada instante: frutas que ele desconhecia, peixes dos quais nunca sentira o sabor, manjares de paladar indescritível. O requinte na apresentação das iguarias, dos vinhos, das pratas e porcelanas era tanto que provocou comentários maldosos entre todos os convidados do rei.

"Viram a comédia que apresentaram? Repararam no cenário riquíssimo? Desconheço a procedência daquela fruta vermelha. Nunca comemos frutas tão deliciosas no Louvre! E o número de criados? É inacreditável! E suas roupas? São impecáveis! Que requinte! Que vinho mais fino!"

D'Artagnan comentou com Aramis que Fouquet mais parecia ser o rei da França do que o próprio Luís XIV, tais eram a riqueza e a ostentação da festa.

Colbert ficou o tempo todo ao lado de Luís XIV e aproveitou a oportunidade para levantar suspeitas sobre a fortuna do superintendente. Ele insistia que a riqueza de Fouquet provinha de um déficit de treze milhões no balanço de contas, o que, trocando em miúdos, era o mesmo que dizer "roubo". Um roubo cometido contra o rei. Além disso, o ministro envenenou o coração do soberano, dizendo que Fouquet nutria uma grande paixão por Louise.

Luís XIV acreditou nas palavras de Colbert, e evitava a todo custo encontrar-se novamente com Fouquet.

"Não quero olhar para o rosto de um ladrão!", pensava o rei, ardendo-se de inveja.

Para alegrar o seu dia, mandou que chamassem Louise de La Vallière. Ela se tornara sua preferida entre as damas da corte. Queria passar a tarde passeando com Louise pelo parque. A jovem, cada dia mais apaixonada pelo rei, percebeu que ele estava de péssimo humor. Também notou que a mãe de Luís XIV, a rainha Ana D'Áustria, demonstrava inveja do luxo oferecido por Fouquet. Entretanto, evitou tecer comentários, limitando-se a sorrir e contar como as outras damas e nobres estavam se divertindo com um novo jogo.

O rei decidiu unir-se aos convidados. Depois do jogo, Luís XIV foi até as alamedas. No final de uma delas, encontrou Louise novamente. Esta, percebendo a irritação do rei, comentou:

— O que o aflige? Vamos, abra seu coração. Sabe que pode confiar em mim!

— O que me aflige... Você ainda pergunta? — Ele parecia transtornado. — Fouquet está me humilhando com esta festa. Ele quer mostrar que tem mais poder que o rei da França. Colbert deu-me provas suficientes de que ele está me roubando! Tudo isto é fruto de roubo, minha cara! — Ele estava vermelho de raiva. — Vou ordenar a D'Artagnan que o prenda aqui mesmo, em seu rico castelo.

Louise discordou, alegando que, em outras situações, o rei havia dado ouvidos às intrigas e só encontrara desgostos, ao descobrir depois que não passavam de fofocas.

Luís apressou-se em chamar Colbert. Assim, o próprio ministro confirmaria suas suspeitas diante de sua noiva.

Colbert foi evasivo, afirmando apenas que Fouquet abusava da confiança do rei.

Louise argumentou que as fofocas da corte não constituíam motivo justo para prender alguém. Além disso, prender a pessoa que oferecia uma festa ao rei em sua própria casa era uma atitude indigna de um soberano.

Colbert sentiu-se acuado com as palavras de Louise. Ele almejava o posto de Fouquet e, para isso, precisava colocar o peso de todo o fracasso financeiro do país sobre os ombros do superintendente.

O rei, surpreso com a nobreza de Louise, argumentou:

— Por acaso você sabe o que esse ladrão pode fazer contra mim, se continuar solto?

— Sua Alteza pode prendê-lo quando quiser — Louise respondeu. — E depois, se for verdade que o senhor Fouquet roubou Sua Majestade, ele será considerado culpado, enquanto o senhor ficará coberto de glória. Mas, se nada for provado, o senhor Fouquet será inocentado, ao passo que o rei carregará para sempre o estigma de injusto!

Luís XIV, encantado com as palavras da amada, beijou suas mãos, sem nada dizer.

Depois de assistir a outra queima de fogos, Luís XIV pediu a D'Artagnan que fosse até seus aposentos.

Ao entrar no quarto, o rei sentiu um calafrio percorrer sua espinha. No teto, uma figura perfeitamente retratada do deus Morfeu parecia olhar bem dentro de seus olhos, desvendando-lhe a alma.

D'Artagnan chegou em seguida, atendendo prontamente à ordem do rei.

— Quero que me informe o número de guardas disponíveis — pediu o rei em voz baixa.

— Temos quase quarenta homens para... — D'Artagnan

mais parecia indagar ao rei do que lhe dar uma resposta.

— É preciso prender este homem: Fouquet! — Luís XIV exclamou, lívido de raiva.

Assim como Louise, D'Artagnan agiu de forma sensata, explicando ao rei que qualquer atitude decorrente do ódio e da raiva só poderia trazer arrependimentos futuros.

— Afinal, Sua Alteza está hospedada na casa do superintendente! — D'Artagnan concluiu.

— O dono de todas as casas é o rei! — Luís XIV não pretendia voltar atrás na decisão que havia tomado.

— Palavras do rei ou intriga de Colbert? — D'Artagnan aproximou-se. — Por Deus, senhor! O homem contraiu dívidas só para agradá-lo e é assim que pretende retribuir?

— Prenda-o, já disse!

D'Artagnan argumentou que seria desastroso prendê-lo na frente de tantos convidados. Eles poderiam revoltar-se contra o rei, afinal, a festa fora preparada por Fouquet.

— Pois então vigie-o até amanhã cedo. E volte aqui para que eu lhe diga o que fazer! — Luís XIV ordenou.

D'Artagnan saiu mais aliviado. Pelo menos conseguira evitar o constrangimento de prender o superintendente na frente dos convidados.

Luís XIV deitou-se na cama vestido do jeito que estava. Louco de ciúme e inveja, esmurrava os travesseiros, dizendo:

— Desgraçado! Aproximou-se dos meus amigos, de minha amada, roubou meu dinheiro! Mas amanhã ele estará arruinado! — gritou.

Aramis e Filipe presenciaram tudo pela fresta do assoalho de seu quarto. Finalmente tinha chegado o momento que tanto aguardavam.

Capítulo 9
O destino do rei

Após arrumarem a cama do rei, os serviçais tiraram as amarras das cortinas e deixaram-no sozinho. Apenas um castiçal permanecera aceso.

Iluminadas pela tênue luz da vela, as cortinas projetavam estranhas sombras na parede oposta.

Luís XIV ficou ao pé da cama, admirando a enorme coroa entalhada no alto do leito. Era tão bela, com suas fulgurantes pedras, que o irritava profundamente.

O rei se deitou na cama macia e ficou olhando para o deus Morfeu, pintado no teto. A perfeição daquela pintura deixava-o ainda mais irritado:

"Não há nada tão perfeito em meu próprio castelo!".

Depois, virou para um lado, para o outro, até adormecer profundamente.

De repente, o deus Morfeu pintado no teto adquiriu forma humana e desceu lentamente, até parar ao lado de sua cama. De perto, seu rosto parecia ter as feições do rei!

Era como se houvesse um espelho à frente de Luís XIV, projetando seu reflexo. A figura tapou-lhe a boca com força. Havia uma outra imagem, que não era a sua, mas a de um homem mascarado.

"Por que está tudo tão escuro?", o rei olhava em volta, meio sonolento, seus passos cambaleantes o levavam a lugar nenhum.

"É um pesadelo! Daqui a pouco vou acordar em meu quarto e tudo voltará a ser como antes!", pensou.

Em alguns minutos, que mais pareceram uma eternidade, o rei apenas vislumbrou um céu escuro e sentiu um ar frio como o da morte.

"Ainda estou sonhando!", imaginou.

Mas o sonho, aos poucos, revelou-se um terrível pesadelo: dois homens mascarados, envoltos em capas, carregavam-no para algum lugar desconhecido. Um deles segurava uma pequena lanterna.

— Que brincadeira é essa, senhores? — perguntou aos homens, ainda sonolento.

— Não é nenhuma brincadeira — eles responderam, caminhando rapidamente.

— Estão agindo a mando de Fouquet! — o rei deduziu.

— Isso não importa. Daqui em diante, o senhor terá de nos obedecer! — respondeu o mais alto e forte dos dois homens, ordenando ao rei que caminhasse rápido, com suas próprias pernas.

Luís XIV implorou a eles que revelassem o motivo daquilo tudo, mas os mascarados emudeceram. À medida que desciam as escadas, o rei notou que estava sendo levado por uma passagem subterrânea.

O prisioneiro quis fugir, mas o homem mais alto advertiu-o de que, se ele fizesse qualquer movimento, eles o amarrariam e amordaçariam.

Depois de descerem as escadas úmidas, os mascarados abriram uma porta de ferro. O rei parou por um momento, mas um dos homens o empurrou para fora da passagem subterrânea.

— O que pretendem fazer com meu trono? Quem vão colocar em meu lugar? Não podem fazer isso comigo, sou o rei! — Luís XIV tentava raciocinar, para descobrir quem teria mandado raptá-lo e aprisioná-lo.

— Rei... Esqueça essa palavra! — retrucou o mascarado que segurava a lanterna, conduzindo-o até uma carruagem escondida atrás das árvores.

Depois de ordenar a entrada do rei na carruagem, um dos mascarados assumiu as rédeas, enquanto o outro sentava-se ao lado do prisioneiro.

Assim, partiram rapidamente em direção a Paris. Ao chegar à Bastilha, um dos homens avisou à sentinela que trazia ordens do rei.

— Acorde o governador! — ordenou.

Baisemeaux não demorou muito a descer de seu quarto. Enquanto caminhava até a entrada principal da Bastilha, ficou imaginando por que motivo estava sendo acordado às três horas da manhã.

Enquanto Aramis dirigia-se ao governador, Porthos empunhava sua espada, tocando o peito do rei:

— Se disser uma palavra, eu o matarei!

Quando viu Aramis, o governador exclamou, assustado:

— O que o traz aqui a uma hora dessas, bispo?

— Um engano, caro governador! Lembra-se da ordem de soltura de um prisioneiro, dias atrás? Pois bem! Eu o trouxe de volta.

O governador ficou atônito.

— Caro amigo, preciso lhe contar o que se passou desde que o levei. — O bispo diminuiu o tom de voz, como se estivesse contando um segredo. — Deve ter notado a semelhança do preso com nosso rei, Luís XIV. Assim que se viu em liberdade, o homem foi acometido de um acesso de loucura, gritando a todos que era o rei, vestindo-se e tentando agir como ele. Antes que arrumasse mais confusão, achei melhor trazê-lo de volta.

— O que devo fazer com ele?

— É muito simples: não permita que ele fale com ninguém, a não ser comigo ou com o próprio rei. O rei mandará executar aquele que o desobedecer. E agora, vamos conduzir este louco de volta à sua cela.

O governador ordenou que os tambores e o sino tocassem. Era esse o procedimento para anunciar que a identidade de um prisioneiro não podia ser revelada.

Aramis recolocou sua máscara e foi com Porthos, que não havia tirado a sua, até a carruagem. Os dois pegaram o prisioneiro e acompanharam-no até a cela onde o próprio irmão havia passado anos enclausurado.

— Entre, miserável! — Baisemeaux abriu a porta da cela e empurrou o rei para dentro.

Depois de trancar a porta, comentou com Porthos e Aramis que o prisioneiro não era assim tão parecido com o rei.

Aramis fingiu que concordava. Ao se despedir do governador, recomendou novamente a ele que não permitisse visitas ao prisioneiro.

Aliviados e certos de que tinham agido corretamente em benefício da França, Porthos e Aramis despiram suas máscaras e voltaram ao castelo de Fouquet.

Capítulo 10
Uma noite na prisão

Primeiro, Luís XIV achou que estivesse morto. E que, sendo assim, deveria estar no inferno.

"Qual terá sido a causa de minha morte? Não me lembro de ter caído! Será que me envenenaram? Por que Deus me enviou esse pesadelo? O que foi que fiz?", pensou.

De repente, um barulho fez com que olhasse para a lareira. Próximo de um tosco crucifixo de madeira que havia acima da lareira, um rato enorme comia um pedaço de pão seco.

Revoltado e enojado, o rei gritou o mais alto que pôde.

Só então percebeu que estava vivo... e preso. Isto lhe causou uma angústia terrível.

Tornou a olhar em volta à procura de um sino que pudesse tocar para chamar alguém. Nada. Em seu palácio havia muitos sinos, mas aquele lugar estava longe de ser um palácio.

"Isso só pode ser uma armadilha de Fouquet! Colbert tinha razão! Qual será seu objetivo? Reinar em meu lugar! Aquela voz... Conheço aquela voz...", Luís XIV tentou lembrar-se de quem era. "Aramis! Era ele, agora tenho certeza!", concluiu.

Outras suspeitas passaram em sua cabeça: sua mãe podia estar envolvida e até mesmo Louise!

"Não!", indignou-se com a ideia de que Louise pudesse traí-lo. "Ela me ama! Ela me ama!", dizia, andando em círculos pela cela.

"Vou chamar o governador da prisão!", decidiu, gritando a plenos pulmões.

Depois de muito tempo, acabou desistindo, pois ninguém apareceu.

Determinado a ser atendido por alguém, passou a arremessar uma cadeira contra a porta. Então, agarrou-se à janela, gritando por entre as grades. Desesperado, quebrou a cadeira e, com uma das pernas, tornou a golpear a porta.

Gritos de outros prisioneiros ecoaram ao longe. Aqueles que mandara prender um dia agora passavam a ser seus companheiros de prisão.

Uma hora depois, com as mãos machucadas e exausto de tanto bater na porta, finalmente ouviu passos no corredor.

— Está louco? O que está acontecendo aí dentro? — alguém perguntou.

O rei, tentando manter a calma, indagou:

— O senhor é o governador da Bastilha?

O homem não respondeu. Luís XIV ouviu seus passos, distanciando-se da cela. Com raiva, pulou sobre a mesa e quebrou a janela de vidro, atirando tudo o que encontrava pelas barras de ferro da janela. Com o rosto entre as grades, permaneceu por mais de uma hora gritando pelo governador. Seu aspecto nem de longe lembrava a figura de um rei: rosto transtornado, cabelos emaranhados, voz rouca, roupas rasgadas e sujas de pó, unhas lascadas e dedos ensanguentados.

"Quem sabe na hora da comida eu consiga falar com alguém!", pensou.

Jogou-se sobre a cama, tentando lembrar-se a que horas a comida era servida na Bastilha.

"É isso! Deus está me punindo porque nunca tive interesse pelos prisioneiros!" Luís XIV saiu da cama e ajoelhou-se.

De repente, ouviu gritos e levantou-se rapidamente, esperançoso. Com os dedos machucados, ele arrumou a roupa amassada, ajeitou os cabelos e manteve-se próximo à porta, numa postura de rei.

"Pelo barulho do molho de chaves, deve ser o carcereiro!", animou-se.

E era mesmo. O homem, de altura e porte descomunais, abriu a porta da cela com uma das chaves e entrou.

— Ouvi quando o senhor começou a gritar. Veja só!

Quebrou a cadeira! Está tudo jogado na cela! — Ele colocou o prato de comida sobre a mesa e fez uma careta.

— Veja lá como se dirige a mim, sou o rei da França! Exijo que chame o governador imediatamente!

— Calma! Por que está agindo dessa forma? O senhor está preso aqui há dez anos, e nunca fez isso antes! — O carcereiro olhou para o prisioneiro e avisou que chamaria os guardas em seguida, caso ele não se acalmasse.

— Preso há dez anos? O que você quer dizer com isso? Eu sou Luís XIV, o rei da França! — E atirou-se sobre o carcereiro, que, com um único gesto, o jogou no chão.

O homem saiu e fechou a porta, enquanto Luís gritava e esmurrava a porta como um louco.

"Inútil continuar a agir dessa forma!", pensou, atirando-se na cama e chorando convulsivamente. "Nunca mais serei reconhecido como rei, cavalheiro, homem ou ser humano!" Luís XIV estava desesperado.

O carcereiro, que continuou levando a comida dos outros prisioneiros, nem se deu ao trabalho de perturbar o governador Baisemeaux.

"A Bastilha está mesmo cheia de homens loucos!", pensou, balançando a cabeça.

Em seus aposentos, o governador ficou pensativo. Aquela história de libertar um preso e devolvê-lo depois de alguns dias era confusa demais.

Quanto ao prisioneiro, sentia até uma certa pena dele.

"Pobre criatura! Já não basta estar preso, e ainda por cima fica louco! Que Deus possa abreviar seu sofrimento, levando-o para junto de si!", pensou, enquanto tomava o delicioso desjejum que seu criado preparara.

Capítulo 11
No castelo de Vaux

D'Artagnan precisava tomar uma atitude em relação a Fouquet. O rei tinha ordenado que prendesse o superintendente. Contudo, não concordava com aquela decisão. Cumpriria a ordem de vigiá-lo, mas estava preocupado com a manhã seguinte, quando o rei daria ordem para prender Fouquet. Resolveu ir aos aposentos do superintendente para avisá-lo.

"Não entendo o motivo dessa prisão", ele pensava, a caminho dos aposentos do superintendente. "Bem, vejamos... Primeiro motivo: Colbert não gosta dele. Segundo: Fouquet já foi apaixonado pela senhorita Louise de La Vallière. Meu Deus, Fouquet está perdido! E o rei ficará em apuros ao tomar essa atitude! Os convidados terão uma péssima impressão!"

Fouquet já estava se vestindo para dormir quando o capitão D'Artagnan bateu à sua porta.

— O que aconteceu? Entre! — o superintendente convidou, estranhando a presença do capitão dos mosqueteiros àquela hora.

— Bem... Estou à sua disposição, senhor! — D'Artagnan entrou no quarto enorme, decorado em tons de lilás.

Nicolau Fouquet conhecia D'Artagnan e, por seu aspecto sério e circunspecto, sabia que alguma coisa grave tinha ocorrido. Após dispensar seu criado de quarto, perguntou-lhe se tinha alguma crítica grave a fazer, se estava mal instalado ou se seus homens não tinham recebido tratamento adequado. Em seguida, indagou se o rei apreciara a festa, se estivera à sua altura. D'Artagnan respondeu que a festa estivera esplêndida, e que o rei ficara encantado.

— Qual o motivo de sua visita, então? Veio me vigiar? — Nicolau Fouquet quis saber, preocupado.

— Mais ou menos, senhor!

— Vai me prender a mando do rei? Em minha própria casa? O que foi que fiz para merecer a prisão?

— Não vou prendê-lo hoje, senhor. Mas amanhã não poderei dizer o mesmo! — D'Artagnan teve pena do homem.

— Gostaria de falar com Aramis, o bispo de Vannes. — Fouquet achou que seria melhor aconselhar-se com seu amigo.

Apesar de ter ordens do rei para que Fouquet permanecesse incomunicável, D'Artagnan concordou.

— Vou procurar o bispo. Em dez ou quinze minutos, estaremos aqui. É tempo suficiente para que... O senhor sabe... — ele interrompeu. — Segredos! Quem não os têm? — Ele sorriu, saindo em seguida.

Fouquet entendeu a mensagem do capitão: ele lhe concedera tempo para queimar cartas e documentos que pudessem comprometê-lo.

Quando D'Artagnan voltou, o superintendente já havia queimado diversos papéis.

— Não foi possível encontrar Aramis! — contou o capitão. — Ele deve ter saído para um passeio.

"A essa hora? Já é bem tarde!", Fouquet estranhou.

D'Artagnan permaneceu, a convite de Fouquet, ao lado de sua cama.

— Se é preciso vigiar-me, que o faça dentro de meu próprio quarto. Eu me sentirei mais seguro! — o superintendente pediu, com a voz embargada.

D'Artagnan nem podia imaginar o que se passava no quarto do rei. Àquela hora, no leito macio onde Luís XIV dormira, o jovem Filipe acomodara-se.

Filipe chegou ao quarto pela mesma passagem subterrânea secreta utilizada para levar seu irmão. Confuso e sob efeito do sonífero colocado em seu vinho, Luís XIV imaginou estar vendo Morfeu descer do teto. Na verdade, Filipe desceu por um mecanismo colocado no teto pelo aposento acima do seu, ocupado por Aramis.

Filipe estava sem sono e virava de um lado para o outro. Encontrou um lenço rendado deixado por seu irmão e, ao tocá-lo, estremeceu. O lenço, ainda úmido de suor, parecia queimar sua mão.

"Como o sangue de Abel que aterrorizou Caim!", ele largou o lenço, apavorado. "Estou frente a frente com meu destino!", pensou, angustiado com a prisão do irmão e preocupado com a ausência de Aramis.

Filipe demorou para dormir. Seu coração estava inquieto, cheio de remorso. Ao acordar, de manhã, viu o bispo ao lado de sua cama.

— Fique tranquilo. Tudo ocorreu como esperávamos.

— Ele resistiu?

— E como! Gritou, chorou, clamou pelo governador...
Mas depois silenciou.

Aramis continuou, dizendo que o governador não suspeitara de nada. Tranquilizou Filipe, prometendo que tiraria seu irmão da Bastilha e o enviaria para o exílio. Quanto a Porthos, fazia questão de apresentá-lo a Filipe. Era seu amigo e havia ajudado o tempo todo, sem fazer perguntas.

Em seguida, Aramis lembrou a Filipe que o rei combinara um encontro com D'Artagnan.

— Lembra-se da conversa que ouvimos? O rei pediu ao capitão que vigiasse Fouquet e retornasse ao seu quarto logo cedo. Sendo assim, daqui a pouco ele entrará por esta porta e Sua Majestade terá de dizer o que pretende fazer em relação a Fouquet. Para que D'Artagnan não desconfie da troca, pedirei a algumas pessoas que também entrem aqui. Desta forma, D'Artagnan não ficará olhando apenas para o senhor, mas se distrairá com outras pessoas. Até lá, direi que Sua Majestade está dormindo e que não quer ser incomodado.

Mal havia terminado de combinar tudo com Filipe, os dois ouviram bater à porta.

Aramis atendeu à porta e deixou-a entreaberta.

O capitão D'Artagnan, que imaginava que o próprio rei abriria a porta, surpreendeu-se ao ver Aramis.

— Bom dia, caro D'Artagnan.

— O que está fazendo aqui?

— Sua Majestade teve uma noite terrível...

— Ah, sei... — D'Artagnan estranhou que o bispo de Vannes tivesse ficado tão íntimo do rei em apenas poucas horas, a ponto de ocupar o mesmo quarto.

O capitão alisou a ponta do bigode e perguntou:

— E o encontro que ele marcou comigo esta manhã?

— Fica para depois, depois... — Do fundo do quarto, o rei respondeu, irritado.

O capitão ficou mais surpreso ainda quando Aramis estendeu-lhe um papel, dizendo:

— Ele me pediu que lhe entregasse isto!

D'Artagnan leu a carta. O rei ordenava que nada fosse feito contra Nicolau Fouquet. Ele decidira não lhe dar mais ordem de prisão.

"Então é por esse motivo que Aramis está nos aposentos do rei. Ele veio para pedir a liberdade de Fouquet!", o capitão franziu a testa, sem compreender o motivo da súbita mudança de decisão do rei.

— Se vai falar com Fouquet, irei junto... — Aramis deu um passo à frente.

O capitão foi obrigado a concordar.

Enquanto os dois se dirigiam até o quarto do superintendente, D'Artagnan quis saber como Aramis se tornara íntimo do rei em poucas horas. Afinal, o rei não havia dirigido a palavra ao bispo mais do que duas vezes na vida. Aramis sorriu e explicou que conversara com o rei mais de cem vezes, mas em encontros secretos.

Capítulo 12
O fiel amigo do rei

Nicolau Fouquet aguardava D'Artagnan ansiosamente em seus aposentos.

Quando viu que o capitão estava acompanhado do bispo, sentiu-se quase feliz. Sabia que Aramis era seu amigo e que podia ter interferido em seu favor junto ao rei.

O bispo de Vannes estava sério, e foi D'Artagnan quem começou a falar:

— Trouxe o bispo de Vannes, como havia me pedido. Agradeça a ele por sua liberdade! — O capitão estava inquieto.

O superintendente assentiu com a cabeça, parecendo mais humilhado que agradecido.

Depois, para surpresa do capitão, Aramis informou ao superintendente:

— O rei pediu-me que o avisasse de que continua sendo seu amigo, prezando sua amizade, e que a festa de ontem ficará em sua memória para sempre!

Em seguida, informou que tinha alguns assuntos para tratar com Fouquet e desculpou-se com D'Artagnan, pedindo a ele que se retirasse do quarto.

Nicolau Fouquet trancou a porta rapidamente, convidou Aramis para sentar-se ao seu lado e, curioso, perguntou-lhe:

— Por que o rei mudou de ideia?

— Não acha melhor saber o motivo pelo qual o rei quis prendê-lo? — o bispo indagou.

— Ciúme... Talvez uma intriga de Colbert. — Fouquet não sabia o que pensar.

— Na verdade, temos algo em comum... — Aramis baixou a voz, olhando nos olhos de Fouquet.

— Um segredo, talvez?

— Sim. Descobri um segredo capaz de mudar os interesses de Sua Majestade. Lembra-se do nascimento de Luís XIV? Pois bem. Aqui está o meu segredo: a rainha Ana D'Áustria não deu à luz apenas um filho... — E antes que Fouquet replicasse, continuou, dizendo:

— Lembre-se de que o boato que corria na época era de que Ana D'Áustria era amante do cardeal Mazarino. Diziam até que o filho que a rainha esperava era do cardeal, e não de Luís XIII.

— Não vejo por que isso poderia nos interessar agora. O rei Luís XIII reconheceu o filho como legítimo, e, portanto, Luís XIV é seu sucessor natural. — Fouquet não estava entendendo aonde Aramis queria chegar.

— Acontece que Ana não teve só um filho, mas gêmeos! O nascimento dos gêmeos trouxe alegria à mãe; mas o pai, de natureza fraca e supersticiosa, ficou receoso com futuros conflitos acerca da primogenitura dos irmãos. Em caso de gêmeos, quem herdaria a coroa? O que nasceu primeiro ou o segundo? Para evitar problemas, fez desaparecer a segunda criança.

— Des... desaparecer? — Fouquet mal podia acreditar naquela história.

— Calma... — o bispo pediu. — As crianças cresceram; um, caminhando em direção ao trono, recebendo honrarias; o outro, em completo isolamento, foi mais tarde levado para a Bastilha.

Nicolau Fouquet, nervoso, apertava as mãos e perguntou se a rainha sabia de tudo.

— Ao contrário do rei, a rainha sabia que seu outro filho fora preso. Bem, os gêmeos tinham direito ao trono...

— Concordo com o senhor — o superintendente deu a sua opinião.

— Deus apiedou-se do sofrimento do irmão aprisionado, dando ao superintendente do rei um coração generoso... — O bispo de Vannes esperava que Fouquet compreendesse aonde estava querendo chegar.

— Entendi o que quer dizer. Ao confiar a mim este segredo, espera que eu o ajude a reparar o malfeito ao irmão gêmeo do rei. Eu o ajudarei! — finalizou.

— O senhor não me entendeu... — O bispo resolveu revelar tudo de uma vez. — Lembra-se de que, quando cheguei aqui com o capitão, o senhor esperava ser preso? Acha que o mesmo rei que ordenou sua prisão o perdoaria da noite para o dia? Acredita que, se eu tivesse revelado a existência de um irmão, ele mudaria de atitude, seria uma pessoa melhor? — Aramis caminhava pelo quarto, certificando-se de que ninguém os escutava atrás da porta. — Mal dá para acreditar. O rei Luís XIV e seu irmão Filipe são idênticos! — ele continuou. — Nem a rainha conseguiria distingui-los! Se eu fosse o senhor, iria verificar no quarto do rei... É lá que Filipe se encontra, enquanto Luís XIV, o antigo rei, ficou em seu lugar, na Bastilha! — finalizou.

— O rei... o rei está na prisão? — Fouquet levantou-se, trêmulo.

— O rei que odeia o senhor, o rei que mandou prendê-lo... Sim, o rei de ontem encontra-se na prisão.

— Meu Deus! Isso é terrível! E quem o levou para lá? — ele quis saber.

— Eu. Levei-o esta noite, em meio à escuridão, enquanto o outro recebia a luz que lhe negaram por tantos anos! — Aramis aproximou-se da janela, respirando fundo.

O superintendente do rei, que estava a ponto de atacar Aramis, tentou se conter.

— Não posso acreditar! O senhor teve a audácia de destronar o rei Luís XIV debaixo de meu próprio teto e levá-lo para a Bastilha!

— De agora em diante, o ministro Colbert não pode mais fazer intrigas contra o senhor.

— O senhor cometeu um crime terrível e todos saberão disso! — Fouquet elevou o tom de voz.

O bispo pediu ao superintendente que falasse baixo,

caso contrário, todos ouviriam aquele segredo.

O superintendente, furioso com o crime cometido, pediu ao bispo que saísse de sua casa imediatamente. No entanto, em consideração aos anos de amizade, deu-lhe quatro horas para sumir dali.

— Se não fugir, mandarei meus soldados prenderem-no, por traição ao rei.

Aramis finalmente percebeu que tinha sido um tolo em revelar o segredo a Fouquet. Embora ele não fosse amigo do rei, era fiel a ele!

— Ninguém o seguirá antes disso. Vá para a minha ilha, ela lhe servirá de refúgio! — prometeu o superintendente.

Aramis agradeceu com uma ponta de ironia e, saindo por uma passagem secreta até o pátio interno do castelo, subiu rapidamente a escada em direção aos aposentos de Porthos.

— Vamos, Porthos! — apressou o amigo, apanhando ouro e alguns diamantes.

Porthos, mesmo sem saber o motivo de tanta pressa, seguiu atrás dele.

Quando iam deixando o castelo de Vaux, encontraram D'Artagnan, que perguntou:

— Estão com pressa?

— Estamos saindo em missão do rei! — Aramis respondeu, antes que Porthos pudesse responder. — Por acaso viu o senhor Fouquet?

— Falou comigo, sim! — O capitão fez uma pausa. — Pediu a seus soldados que cumprissem algumas ordens e saiu do palácio em sua carruagem! — contou D'Artagnan.

Aramis e Porthos despediram-se do capitão dos mosqueteiros e, em seguida, selaram seus cavalos e partiram.

"Algo me diz que essa missão tem um outro nome: fuga!", pensou D'Artagnan. "Mais cedo ou mais tarde, ficarei sabendo o que realmente aconteceu!", alisou seu bigode e voltou para o palácio de Vaux.

Capítulo 13
Um segredo revelado

Fouquet pediu ao cocheiro que apressasse os cavalos. Queria chegar à Bastilha o mais rápido possível, porque o rei podia estar correndo perigo de vida.

"E se Baisemeaux tiver em mãos uma ordem de Luís XIV para me prender?", pensou, mas, mesmo sabendo que corria esse risco, preferiu ser fiel ao rei.

Ao chegar à Bastilha, apresentou-se às sentinelas como o superintendente do rei. Entretanto, ninguém o reconheceu. Pudera! Ele não trazia nenhuma carta do rei que o autorizasse a entrar na prisão!

Impaciente, ordenou que chamassem o chefe da guarda. Os guardas zombaram de Fouquet, dizendo:

— Por acaso não sabe que o superintendente Fouquet está no castelo de Vaux, dando uma festa para o rei?

Antes mesmo que fechassem o portão de entrada, o superintendente fez sinal para que o cocheiro avançasse com a carruagem. Os cavalos, assustados, empinaram, afastando os guardas. Deste modo, Fouquet conseguiu chegar mais perto da prisão. Quando desceu da carruagem, um guarda aproximou-se, tentando segurá-lo. Fouquet, muito ágil, derrubou-o no chão. Os outros homens correram para chamar um suboficial.

— Soltem este homem! Ele é o superintendente do rei!

— O suboficial o reconheceu.

Baisemeaux, que ouvira o barulho, apareceu numa janela e acenou, cumprimentando-o.

Fouquet, sentindo-se aliviado, pediu a Baisemeaux que o atendesse.

O governador, envergonhado pelo péssimo tratamento dado a um visitante tão ilustre, mandou um dos guardas acompanhá-lo até seus aposentos.

Mal Fouquet entrou na sala, perguntou ao governador:

— O bispo de Vannes esteve aqui hoje cedo?

— Sim, esteve.... — Baisemeaux imaginou que seus problemas poderiam estar começando.

— Então o senhor sabe que é cúmplice de seu crime?

— Que crime? — o governador empalideceu.

— Um crime pelo qual o senhor pode ser preso imediatamente! Leve-me ao prisioneiro agora! — Fouquet pediu.

Baisemeaux ficou perplexo. Podia aceitar que um prisioneiro manifestasse loucura, mas que o superintendente enlouquecesse também, já era demais!

— Longe de mim causar problemas para o senhor — o governador adiantou. — Mas é preciso uma ordem do rei para visitar um prisioneiro.

O superintendente perdeu a paciência e advertiu-o de que mandaria prendê-lo como cúmplice do bispo de Vannes.

Ao ouvir isso, o governador, confuso como era, sentiu-se acuado e acompanhou Fouquet até a cela.

Os dois dispensaram a presença do carcereiro e galgaram as escadarias até a torre. No caminho, ouviram os gritos do prisioneiro e o barulho dos objetos que atirava na porta.

— Tirem-me daqui! Eu sou Luís XIV, o rei da França. Prendam Fouquet! Ele é o responsável pela minha prisão!

O superintendente, reconhecendo a voz do rei, ordenou a Baisemeaux que lhe entregasse a chave da cela e se retirasse.

"Mesmo libertando o rei, corro o risco de ser preso!", estremeceu Fouquet.

Ao abrir a porta da cela, Fouquet quase caiu em cima do rei. Seu estado era deplorável: as roupas estavam rasgadas, sujas e molhadas de suor; seu cabelo desgrenhado caía sobre o rosto; fundas olheiras circundavam os olhos; as mãos e os braços estavam bem machucados.

Furioso, o rei lançou-se sobre Fouquet, esbravejando:

— Veio me matar, miserável?

— Meu Deus, o rei neste estado! Sou seu amigo, senhor!

— Amigo? — Luís XIV, armado com um pedaço de pau na mão, tinha sede de vingança.

Fouquet, demonstrando sua fidelidade ao rei, ajoelhou-se e, beijando-lhe a mão, anunciou que ele estava livre. Em seguida, explicou-lhe tudo o que havia acontecido. O rei, angustiado, ouviu o relato sem saber se acreditava ou não naquela história.

— É impossível que eu tenha um irmão gêmeo! Minha mãe não teria escondido isso de mim! — duvidou.

Com muita paciência, Fouquet contou-lhe mais detalhes. O rei, depois de dar mostras de acreditar no que ouvia, perguntou o que havia acontecido com os responsáveis por sua prisão.

— Estão no meu castelo, Majestade.

— E como o senhor permitiu que permanecessem lá? — Luís XIV caminhava nervoso pela cela.

— Achei que o mais importante era libertá-lo imediatamente. Mas deixei ordens em Paris para que toda a tropa fosse reunida. Desta forma, sob suas ordens, os soldados pegarão o mandante do crime.

— Diga-me o nome dele. — O rei pegou na mão de Fouquet, num gesto que até parecia um agradecimento.

— Aramis, o bispo de Vannes, senhor, que era meu amigo pessoal, e... e Porthos! — ele finalizou.

O rei, recobrando sua postura altiva e antipática, retrucou, dizendo que Fouquet não sabia escolher bons amigos. Acrescentou também que suspeitara deles desde o início, pois, mesmo mascarados, reconhecera suas vozes.

Enquanto deixavam a Bastilha, perante um assustado Baisemeaux, o rei quis saber se Fouquet estivera frente a frente com seu irmão gêmeo.

— Somente Aramis esteve com ele, senhor — respondeu Fouquet.

— Eu o matarei! — o rei revidou.

Para surpresa do rei, Fouquet pediu-lhe que concedesse perdão a Porthos e Aramis. Ante a negativa de Luís XIV, o superintendente relatou que dera quatro horas para os dois fugirem, considerando que Aramis lhe contara a verdade. Se o bispo nada lhe revelasse, o rei teria ficado encarcerado para sempre. Acrescentou que havia oferecido seu próprio castelo na ilha de Belle para que os dois se refugiassem.

Luís XIV, inconformado, avisou que seus soldados atacariam o castelo, ao que Fouquet retrucou:

— Meu castelo é inatingível, senhor.

Mesmo com muita raiva e planejando vingança, o rei Luís XIV concordou com o superintendente numa coisa: era necessário que partissem imediatamente para o Louvre. Um rei não podia andar em farrapos. Em seu castelo, trocaria de roupa para, em seguida, desmascarar o falso rei.

Capítulo 14
O outro rei

Enquanto isso, o outro rei preparava-se para receber os seus súditos.

"É estranho! O bispo está atrasado!" Filipe decidiu começar assim mesmo a cerimônia.

Mandou que abrissem as portas laterais dos seus aposentos, que se transformou num grande salão. Em seguida, Filipe sentou-se no trono e, aos poucos, convidados, oficiais e criados foram entrando no salão.

Vestido com a roupa de caça, tinha estudado os movimentos de seu irmão e as pessoas que receberia.

Sorriu para todos, levantando levemente o queixo. Quando viu sua mãe, sentiu um frio percorrer sua espinha. Ela caminhou e sentou-se ao seu lado. Ainda tremendo, beijou a mão que ela lhe estendeu.

"Como é bonita! Oh, meu Deus, faça com que eu a perdoe pelo crime que cometeu, tirando-me de seu convívio, escondendo-me de todos, destinando-me, ainda que contra a vontade, à prisão!", pediu a Deus.

Seu irmão caçula, o duque de Orleans, aproximou-se. Filipe também reconheceu o irmão pela descrição minuciosa do bispo, sentindo por ele uma imensa ternura.

"Nada fez para me prejudicar! Nem mesmo sabe que eu existo!", pensou.

A rainha Ana D'Áustria, não percebendo a troca, dirigiu a palavra a Filipe:

— Diga, meu filho, o que acha dessa festa que Fouquet lhe preparou? Está convencido de suas boas intenções? — Pelo tom de sua voz, percebia-se que ela não gostava nem um pouco do superintendente.

Filipe fez um gesto para que ela aguardasse sua resposta, enquanto ordenava que chamassem Louise de La Vallière.

Ao ouvir a voz do filho, Ana D'Áustria levou a mão ao rosto, tentando esconder sua surpresa.

"Essa voz! Não é possível!", a rainha percebeu a diferença na voz do filho.

— Lembre-se de que foi a senhora mesma que falou bem de Fouquet tempos atrás... — Filipe evitou encarar a mãe.

O duque de Orleans e sua esposa Henriette não notaram nenhuma diferença no rei. Filipe estudou tanto seu irmão gêmeo nos gestos e atitudes que nenhuma das pessoas presentes pôde perceber a diferença, exceto a rainha.

A conversa girou em torno do superintendente. O duque e sua esposa o elogiaram. Henriette ainda acrescentou que Fouquet era um homem de bom gosto.

— Acontece que este homem está arruinando as finanças da França! — Ana D'Áustria irritou-se, olhando intrigada para Filipe.

— Parece-me que estou ouvindo o próprio Colbert falar ou, quem sabe, a senhora De Chevreuse, e não minha mãe! — Filipe baixou o tom de voz.

A rainha, cada vez mais surpresa com as respostas do filho, colocou sua mão sobre a dele e queixou-se:

— O que está acontecendo? Nunca falou dessa maneira comigo, meu filho! O que minha amiga fez para despertar a sua ira? — ela quis saber.

Filipe seguiu as instruções de Aramis. Ele contara que, como a amiga de sua mãe precisava de dinheiro, tentou vender um segredo a Fouquet. A senhora De Chevreuse intimidou Fouquet, dizendo que ele desviava dinheiro do governo, o que não era verdade. Fouquet não aceitou a intriga e ela correu até Colbert, que se sujeitou a socorrê-la.

Filipe então virou-se para a mãe e, olhando-a nos olhos, contou o que ouvira falar sobre a senhora De Chevreuse.

— A senhora sabia de tudo e nada fez para impedir!

Outros crimes também foram cometidos, mas, daqui em diante, não permitirei que gente como essa mulher continue fazendo intrigas no meu reino. Eu a expulsarei, assim como a todos que agirem dessa maneira! — exclamou.

A rainha empalideceu com as palavras de Filipe. Se não fosse o amparo de seu filho caçula, o duque de Orleans, ela teria desfalecido.

— Como está me tratando mal hoje, meu filho... — a rainha estava quase chorando.

Filipe sentia raiva da mãe, mas, beijando sua mão levemente, tentava perdoá-la de todo o mal que havia lhe causado, dizendo:

— Não pretendo sair daqui hoje. Tenho um plano em mente. Quero que a senhora converse com Fouquet... — Filipe intencionava reaproximar a rainha do superintendente.

Sua cunhada Henriette notou que Filipe olhava para a porta insistentemente e quis saber se ele esperava alguém.

— Aguardo a chegada de um homem muito distinto e também fiel conselheiro. Desejo apresentá-lo a todos! — explicou. — Ah, lá está D'Artagnan. Com certeza deve trazer notícias deste meu amigo e conselheiro! — Fez um gesto para que D'Artagnan se aproximasse.

— O que deseja, senhor? — D'Artagnan atendeu prontamente.

— Onde está o bispo de Vannes? Ele está demorando demais! — comentou o rei.

"Aramis disse que estava partindo numa missão secreta a serviço do rei! Talvez o rei esteja querendo preservar o segredo!", o capitão pensou, estranhando a pergunta do rei.

— Esse bispo e o senhor D'Herblay são a mesma pessoa? — a rainha quis saber.

Filipe respondeu que sim e, além disso, que se tratava de um dos antigos mosqueteiros do rei Luís XIII.

A rainha estremeceu ao ouvir a resposta.

"Este homem conhece muitos segredos, inclusive o mais

perigoso de todos!" Ela desejou que Aramis fosse encontrado o mais rapidamente possível.

Filipe estava ficando impaciente com a demora de Aramis, assim como todos que o rodeavam. As coisas não estavam caminhando conforme Aramis dissera. Fouquet tinha desaparecido e Louise mandara avisar que ainda estava na cama, sentindo-se indisposta.

"Não era assim que as coisas deviam acontecer!", pensava ele, nervoso.

Abalado com o sumiço de seu protetor, Filipe apertava as mãos o tempo todo.

Ana D'Áustria subitamente levantou-se de sua poltrona e, aproximando-se de Filipe, disse-lhe algumas palavras em sua língua materna.

O rapaz ficou transtornado, pois não conhecia uma só palavra em alemão.

— Responda, meu filho... — A mãe, esperando por uma resposta, segurou a mão de Filipe.

Nesse momento, o jovem ouviu um barulho e, evitando responder à pergunta de sua mãe, indagou:

— O que está acontecendo?

Para seu alívio, D'Artagnan informou que Fouquet se aproximava.

"Aramis deve estar com ele!", Filipe tranquilizou-se.

Todas as pessoas que estavam no aposento voltaram-se para a porta por onde Fouquet deveria aparecer. No entanto, em vez disso, foi Luís XIV que surgiu de uma porta secreta atrás de uma cortina, vestindo uma roupa de veludo roxo. Ele estava muito pálido e tremia de ódio. Fouquet vinha logo atrás dele.

Um terrível grito soou... Estavam todos atônitos: os convidados, oficiais e criados, bem como o irmão, a cunhada e a rainha, muito pálida e assustada. Todos olhavam espantados para um e para o outro rei e pensavam:

"Uma brincadeira? Magia? Um truque de espelhos?".

Os dois irmãos aproximaram-se e, medindo-se de cima a baixo, fitaram-se sem dizer uma só palavra.

Ana D'Áustria, prestes a desmaiar, não queria acreditar no que seus olhos viam: "A mesma altura, o mesmo corpo, o mesmo rosto!".

Luís XIV arfou, furioso, pois esperava ser reconhecido imediatamente por todos, o que não aconteceu.

Filipe, demonstrando mais calma e tranquilidade, apertou a mão do irmão.

D'Artagnan, com a mão na espada, imaginou que o segredo que Aramis guardara por tanto tempo tinha sido finalmente revelado.

"Gêmeos... Sósias?", o capitão olhava para um e para o outro, procurando alguma diferença entre eles. "Nada! São idênticos!", concluiu.

Fouquet respirou fundo. Observando os dois irmãos, frente a frente, arrependeu-se de sua atitude precipitada. Assim como Luís, Filipe também era rei. Sua postura altiva e calma, seu olhar límpido, sem nenhum rancor, com certeza eram indícios de que ele seria um bom governante, muito melhor do que seu irmão.

— Nenhum dos presentes me reconhece... A senhora também não reconhece o seu filho, minha mãe? — Luís XIV, enraivecido, perguntou.

Filipe, com a voz mais calma e o semblante menos transtornado que o de seu irmão, fez a mesma pergunta, confundindo ainda mais a rainha:

— A senhora não reconhece o seu filho, minha mãe?

Pobre rainha Ana D'Áustria! Ao levantar-se, ergueu os braços e, atingida por um imenso remorso, caiu na poltrona, desfalecida.

Luís XIV correu até o capitão D'Artagnan, perguntando se ele não o reconhecia.

— Diga-me, quem traz o medo no rosto? Qual é o mais pálido? O rei ou sua cópia? — indagou.

D'Artagnan, capitão e fiel mosqueteiro do rei, dirigiu-se até Filipe e colocou a mão no seu ombro, anunciando:

— O senhor está preso! — Ele sabia qual era o verdadeiro rei: aquele cujas mãos machucadas e olheiras profundas denunciavam a noite passada na prisão.

Filipe caminhou até seu irmão e fixou seu olhar no dele. Luís XIV, não suportando aquele olhar de recriminação, desviou o rosto. Em seguida, Luís pegou o irmão caçula e sua esposa pela mão e levou-os dali.

Filipe aproximou-se de sua mãe. Duas amigas tinham lhe dado sais e ela sentia-se um pouco melhor.

— Se não fosse seu filho, eu a amaldiçoaria por ter-me tornado tão infeliz! — Os olhos de Filipe encheram-se de lágrimas.

D'Artagnan sentiu um aperto no peito. Ao curvar-se

perante aquele que poderia ter sido o rei da França, lembrou que precisava cumprir ordens. O verdadeiro rei da França já havia deixado o salão em companhia do duque de Orleans e de sua esposa Henriette.

— Obrigado, senhor D'Artagnan, sei bem o que quer dizer! Preocupo-me, no entanto, com o destino de Aramis D'Herblay, o bispo de Vannes. — Filipe demonstrou mais uma vez que era um homem honrado.

— Nada de mal vai acontecer a ele, senhor — Fouquet ajoelhou-se diante do príncipe Filipe. — O bispo de Vannes está a caminho do meu castelo, na ilha de Belle, e lá ficará em segurança enquanto eu viver! — prometeu.

— Bem, amigos... Agora preciso acompanhar o senhor D'Artagnan — Filipe prontificou-se a obedecer às ordens do capitão dos mosqueteiros.

Quando os dois preparavam-se para partir, Colbert apareceu, portando uma ordem do rei.

D'Artagnan abriu a carta e leu-a. Em seguida, irado, entregou-a ao príncipe Filipe, para que também pudesse lê-la:

O senhor D'Artagnan deverá conduzir o príncipe Filipe, como seu prisioneiro, até a ilha de Sainte-Marguerite. Ao chegar à ilha, o rosto do prisioneiro deverá ser coberto com uma máscara de ferro, que nunca poderá ser removida, sob pena de morte.

Luís XIV
Rei da França

Após ter lido a ordem de seu próprio irmão, Filipe suspirou, resignado:

— Estou pronto, senhor!

Tanto Fouquet quanto D'Artagnan concluíram que Aramis estava certo: Filipe reunia todas as características de um bom rei. Mas agora era tarde demais!

Capítulo 15
A fuga de Porthos e Aramis

Porthos e Aramis cavalgaram sem parar, procurando aproveitar o tempo que Fouquet lhes concedera para a fuga.

Porthos nada perguntou a Aramis. Aceitou ajudá-lo e isso lhe bastava. Quando Aramis avisou que precisavam parar para trocar os cavalos, ele obedeceu.

Já estavam a quarenta quilômetros de distância quando Porthos resolveu perguntar se receberia o título de nobreza que Aramis lhe prometera. Ele havia ajudado o amigo a desmascarar o falso rei. Agora esperava que este, em pessoa, o condecorasse, concedendo-lhe o título de duque.

— Assim que possível! — Aramis respondeu, chicoteando o cavalo. — Primeiro, precisamos levar a cabo essa missão secreta do rei! — continuou enganando Porthos.

"Arrependo-me da mentira que contei para Porthos! Eu o arrastei comigo neste plano louco, pensando que conseguiria levar Filipe ao trono! Agora ele está sendo procurado por um crime do qual só eu tenho culpa!", entristeceu-se.

Os dois cavalgaram por mais de oito horas até chegarem a Orleans. Um pouco depois, alcançaram Blois. Eram sete horas da noite e, infelizmente, não encontraram novos cavalos no local. Todos haviam sido cedidos para o duque de Beaufort, que viajava em missão especial.

Não lhes restava outra alternativa senão dar comida e água aos cavalos e, em seguida, prosseguir viagem.

Aramis culpava ora a estrada irregular pelo cansaço dos cavalos, ora a falta de sorte.

— Talvez seja melhor cavalgarmos até a casa de Athos. Tenho certeza de que ele nos arranjará dois cavalos descansados! — Aramis sugeriu, e Porthos concordou plenamente.

Fazia tempo que não viam os amigos e, apesar da urgência da missão, poderiam matar a saudade.

Athos e Raoul moravam há pouco tempo naquele lugar retirado. Foi a única maneira que Athos encontrou para afastar o filho do convívio da corte. Louise tinha rompido o noivado com o rapaz para casar-se com Luís XIV, e isso tinha despedaçado seu coração.

"Aramis esconde mais um segredo! Decerto o rei pediu a ele que fizesse uma proposta para Athos, alguma coisa em relação a Louise!", Porthos pensou, enquanto amarrava seu cavalo.

A lua, esplêndida, iluminava todo o caminho até a porta da casa. Eram nove horas da noite quando Athos ouviu o sino. Mandou um dos criados abrir a porta. Não esperava nenhuma visita àquela hora e estava curioso. Desde a sua partida repentina da corte para aquela espécie de exílio com seu filho Raoul, ninguém viera visitá-los.

— Porthos! Aramis! Que bela surpresa nos fazem, caros amigos! Há quanto tempo não nos vemos! — disse, abraçando seus amigos, antigos mosqueteiros como ele.

Raoul correu para abraçá-los também. Sentia um grande carinho pelos dois amigos de seu pai.

Aramis foi logo avisando que não poderiam ficar por muito tempo.

Porthos, animado, começou a conversar com Raoul.

— O rei vai me conceder o título de duque, assim que concluirmos nossa missão! — segredou ao jovem rapaz.

Aramis, que se retirara com Athos para uma sala ao lado, quis saber como Raoul tinha reagido à notícia do noivado do rei Luís com sua ex-noiva Louise.

Athos contou-lhe que seu filho ainda amava a moça e estava muito magoado. Raoul sabia que Louise tinha preferido Luís XIV, e o que mais o machucava era saber que ela, de fato, amava o rei. Não pela sua riqueza, beleza ou aristocracia. Simplesmente o amava, o que piorava as coisas. Raoul não conseguia odiá-la. Pelo contrário, ele ainda sentia por ela o mesmo amor de antes, mesmo sabendo que não tinha nenhuma chance.

Aramis esperou que o amigo desabafasse sua dor, depois contou o motivo que os trouxera ali:

— Athos, estou sendo procurado pelos soldados do rei. Conspirei contra ele e meu plano fracassou! — falou ao seu ouvido, para que Raoul e Porthos não o escutassem.

— O que aconteceu? Conte-me tudo! E que título de duque é esse que Porthos disse que vai receber? — surpreso, Athos pediu a Aramis que abrisse seu coração.

— Tudo está perdido! Quanto a Porthos... Como pensei que meu plano fosse infalível, pedi a ele que me ajudasse e não fizesse perguntas. Eu disse que ele receberia esse título depois da missão secreta que o rei nos incumbiu de levar a cabo. Ele não desconfiou de nada, simplesmente acreditou em mim. Agora ele também está sendo procurado. Por minha culpa! — desabafou.

Só então Aramis contou a Athos o segredo que envolvia o rei. À medida que falava, o semblante de Athos ia se modificando: de surpreso a emocionado; de triste a preocupado.

— Sua ideia era boa, amigo, mas acabou cometendo um erro enorme! — Athos enxugou o suor da testa.

— Fui um tolo em pensar que Fouquet me ajudaria, que ficaria do meu lado. Ele foi fiel ao rei, mesmo correndo o risco de ser preso. O rei não vai acreditar que Porthos está comigo sem saber de nada. Vai achar que ele é tão culpado quanto eu!

— Para onde o está levando?

— Para a ilha de Belle. Depois, fugiremos para a Inglaterra e, finalmente, para a Espanha.

Athos ficou preocupado com Porthos, porque, uma vez foragido, seus bens seriam confiscados pelo rei. Aramis o tranquilizou, dizendo que, quando estivessem na Espanha, tentaria reconciliar-se com Luís XIV para restituir os bens de Porthos. Pediu a Athos e Raoul que se unissem a eles, pois sabia que também estavam descontentes com Luís XIV. Athos respondeu que preferia ficar onde estava, porque era isso que sua consciência mandava.

— Então tenho dois pedidos para lhe fazer, meu fiel amigo. O primeiro é o seu perdão... — Aramis fez uma pausa, esperando a resposta de Athos.

— Já está concedido! Tenho certeza de que meu bom companheiro Aramis só almejava a vitória do fraco e oprimido!

Emocionado com a resposta, Aramis fez o segundo pedido. Precisava de dois cavalos muito bons e descansados para poderem chegar o mais rápido possível à ilha de Belle.

Athos concordou imediatamente, recomendando a Aramis que cuidasse bem de Porthos.

Em seguida, Athos pediu a Raoul que fosse buscar os dois cavalos. Depois, os quatro abraçaram-se, emocionados, e despediram-se.

Porthos e Aramis tomaram um atalho e por pouco não encontraram o duque de Beaufort. Ele e seu rico cortejo de cavalos e soldados cavalgavam em direção à casa de Athos.

Athos ainda estava no parque quando avistou a tropa que se aproximava. De onde estava, iluminado por tochas, o duque anunciou-se. Athos lembrava-se dele perfeitamente.

— Boa noite! — cumprimentou o duque, aproximando-se e descendo do cavalo.

— Boa noite! — Athos respondeu, cordialmente.

— Será que é muito tarde para receber um bom amigo? — quis saber o duque.

— De modo algum, vamos entrar — foi o convite de Athos, prontamente aceito pelo duque e seus homens.

Enquanto Raoul se familiarizava com os soldados, Athos conversou com o duque de Beaufort, que havia conhecido nos seus tempos de mosqueteiro do rei.

Entusiasmado com o porte de Raoul e pelos comentários que ouvira na corte sobre sua valentia, o duque convidou-o para seguir com ele à Africa, onde combateriam os árabes.

Para desespero de Athos, Raoul resolveu aceitar o convite do duque. Num país distante da França, estaria longe de Louise e poderia esquecê-la com mais facilidade.

Desta forma, combinou de encontrar-se com o duque de Beaufort depois de alguns dias, em Toulon.

Capítulo 16
Uma mensagem no prato

Athos decidiu acompanhar seu filho Raoul até Paris. Lá, depois de ter sido nomeado comandante, ele recebeu a ordem do duque de Beaufort de percorrer todas as ilhas da costa da França, recrutando homens corajosos para a missão na África.

Toda vez que Athos viajava para Paris, procurava por seu amigo D'Artagnan. Desta vez, no entanto, Athos foi informado de que D'Artagnan andava desaparecido.

"Sempre que D'Artagnan desaparece, é porque está em missão secreta do rei!", lembrou.

Achou estranho, no entanto, que o capitão tivesse deixado um mapa com um de seus amigos. Nele havia um itinerário traçado com pequenos pontos, que marcavam a passagem de D'Artagnan. Essa rota fora interrompida nas proximidades de Toulon, o mesmo lugar para onde Athos e Raoul iriam em seguida.

"É possível que D'Artagnan tenha ido para lá! Mais uma vez, nossos caminhos vão se cruzar!", pensou Athos.

Assim que pai e filho chegaram a Toulon, foram conversar com os pescadores. Raoul precisava de um barco grande para levá-los até a ilha de Saint-Honorat. Um pescador explicou a eles:

— Depois que aluguei minha embarcação, ela apresentou problemas e está no conserto, senhores. Imaginem só! O homem embarcou com uma carruagem! Eu bem que tentei protestar, mas ele apresentou um documento aos meus superiores, algo muito importante, porque tive de obedecer e levá-lo, com carruagem e tudo, até uma ilha.

Athos e Raoul, interessados na história do pescador,

incentivaram-no a continuar o relato.

O pescador prosseguiu, dizendo que o homem era muito forte e estava bem vestido.

— Como um mosqueteiro do rei, senhores! — ele acrescentou. — Quando passei em frente à ilha, pediu que mudasse a rota e navegasse até a ilha de Sainte-Marguerite. Como a ilha é cercada por rochedos perigosos, eu e meu ajudante nos recusamos a obedecê-lo, temendo uma tragédia. Diante da nossa recusa, o passageiro, enfurecido, passou a nos agredir. Como quem conduzia o barco era eu, resolvi me defender. Nesse exato momento, o porta-malas da carruagem se abriu e um homem, que parecia um fantasma, saiu de dentro dele. Ele tinha a cabeça coberta por um capacete de ferro. Seus olhos apareciam por trás da máscara... Uma imagem terrível! — finalizou o pescador.

— E depois? — pai e filho quiseram saber. — O que aconteceu depois?

O pescador relatou que ele e seu ajudante, mesmo amedrontados, levaram os dois, mosqueteiro e mascarado, até a ilha de Sainte-Marguerite. O barco não resistiu às enormes ondas que abraçavam os recifes e acabou batendo nas pedras.

— Desmaiamos, senhores. E, quando acordamos, nosso barco, todo danificado, estava na praia. Dentro dele, não havia absolutamente nada! Nem cavaleiro, nem carruagem, nem mascarado! Fui queixar-me do ocorrido ao governador, mas ele não acreditou em mim!

Athos acreditava no homem, sim. E mais: tinha certeza de que um dos passageiros era D'Artagnan!

Athos precisava resolver aquele mistério, e decidiu:

— Vamos para a ilha de Sainte-Marguerite! Descobriremos quem é o mascarado!

Naquele mesmo dia, Athos e Raoul embarcaram em direção à ilha de Sainte-Marguerite.

Ao chegar lá, desceram do barco e admiraram a enorme quantidade de plantas, flores e árvores frutíferas que formavam uma espécie de jardim na ilha. Provavelmente, o lugar era mantido assim para os passeios do governador da ilha.

Laranjeiras e figueiras quase não suportavam o peso de seus frutos, bem como a trepadeira repleta de cachos de flores que ladeava uma rocha. Coelhos, perdizes e borboletas brincavam entre os pés de amora. A poucos metros dali, um fosso enorme circundava uma grande fortaleza.

No alto da fortaleza viam-se três torres, ligadas entre si por terraços. Em cada terraço, havia quatro canhões cobertos de musgo.

Athos e Raoul andaram entre as cercas do jardim, esperando encontrar alguém que os levasse até o governador.

Quando olharam para o alto de uma das torres, viram um guarda carregando um cesto. Provavelmente, levava comida para alguém.

De repente, ouviram alguém que os chamava. Olharam para cima e notaram que, entre as barras de ferro de uma janela, um prisioneiro agitava algo que brilhava muito.

Antes que tentassem adivinhar o que era aquilo, o prisioneiro atirou o objeto, que atingiu o chão em poucos segundos.

— Um prato de prata! — Athos abaixou-se para conferir.

Juntos, pai e filho removeram a poeira do prato e descobriram uma frase que parecia ter sido escrita com a ponta de uma faca:

Eu sou o irmão do rei da França. Prisioneiro hoje, louco amanhã! Cristãos, orem a Deus por mim!

Athos, aterrorizado, derrubou o prato, enquanto Raoul tentava compreender o significado daquela mensagem.

Naquele instante, eles ouviram um grito vindo do topo de uma das torres. Rápido como um raio, Raoul jogou-se sobre seu pai e os dois caíram no chão.

Um tiro passou raspando por Athos. Não fosse a rapidez de Raoul, teria acertado seu pai mortalmente.

— Covardes! — bradou Athos. — Estão matando pessoas neste lugar?

— Por que não descem e vêm lutar como homens? — Raoul levantou o punho.

O primeiro atirador estava prestes a atirar novamente. Num gesto rápido, o segundo desviou a arma do primeiro, fazendo com que o tiro errasse o alvo e acertasse uma árvore do pomar.

Logo em seguida, os dois desapareceram da torre.

Alguns minutos depois, os tambores tocaram, chamando a guarda. Nove homens apareceram à porta da fortaleza e, com suas armas em punho, apontaram para os intrusos.

— Preparar... — o chefe dos soldados comandou.

Athos e Raoul desembainharam suas espadas. Não havia o que fazer: estavam perdidos!

O chefe dos soldados, mais à frente, virou-se e ordenou que os soldados guardassem suas armas. Depois, atravessou a ponte, aproximando-se dos intrusos. Ao chegar mais perto de Athos e Raoul, disse seus nomes.

Uma voz tão familiar! Só podia ser... D'Artagnan!

— Os soldados iam nos matar? — Athos deu alguns passos em direção ao capitão.

— Se eu não os tivesse reconhecido lá do alto, estariam mortos agora! — D'Artagnan suspirou, aliviado, enxugando o suor que corria de sua testa. — O próprio governador os tinha em sua mira! — D'Artagnan abraçou Athos e Raoul, feliz por seus amigos estarem vivos.

— Aquele homem era o governador? Em pessoa? Por que ele quis nos matar? — Raoul estranhou. — Não fizemos nada de errado!

— Não pegaram o prato que o prisioneiro atirou de sua cela na torre? — D'Artagnan estava cada vez mais aflito.

— Sim, nele estava escrito... — Raoul deu alguns passos para pegar novamente o prato, mas D'Artagnan adiantou-se e o pegou primeiro do chão.

— Meu Deus! Era isso que eu temia! — Ele empalideceu, enquanto riscava com a ponta de sua faca o que estava escrito no prato. — Fiquem quietos! O governador Saint-Mars está vindo para cá. Se ele suspeitar de que leram a mensagem, mandará matá-los. Não digam uma palavra. Vou dizer a Saint--Mars que não sabem falar francês, porque vieram da Espanha! — tentou acalmar-se.

Assim que o governador se aproximou, D'Artagnan sorriu, dizendo:

— Bem que eu avisei que estes dois forasteiros deviam ser capitães espanhóis. Eu os conheci no ano passado. Coitados! Não entendem uma palavra em nossa língua!

— Antes assim! — Saint-Mars tentou pegar o prato das mãos de D'Artagnan para ler o que estava escrito nele, mas D'Artagnan o impediu.

— O que está escrito aqui é segredo de Estado! O senhor não pode ler! Nem o senhor, nem ninguém! — O capitão tratou de rabiscar ainda mais o prato com a ponta de sua faca.

O governador, louco de raiva, reclamou que, se ele continuasse a riscar o prato daquele jeito, não poderia ler o que estava escrito.

— Melhor para a sua segurança! De acordo com as ordens do rei, quem descobrir o segredo será punido com a pena de morte! Se o senhor me desobedecer, eu mesmo o fuzilarei! — O capitão D'Artagnan colocou a mão na arma de fogo que trazia às costas.

Aproximando-se mais do capitão, Saint-Mars perguntou se ele tinha certeza de que os dois homens não tinham compreendido nada.

— Por acaso o senhor desconhece que na Espanha os nobres não sabem ler?

O governador deu-se por satisfeito com aquele comentário. Em seguida, pediu a D'Artagnan que convidasse os forasteiros para o jantar.

D'Artagnan preferia que seus amigos estivessem a quilômetros de distância, mas não teve outra alternativa a não ser transmitir o convite. Em espanhol, claro, língua que os três conheciam bem.

Assim, todos atravessaram a ponte e entraram na fortaleza, com exceção de alguns soldados, que, a mando do governador, ficaram vigiando a ilha.

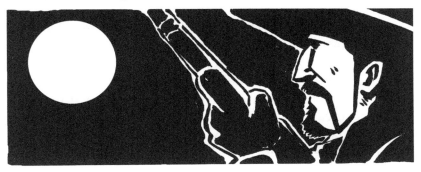

Epílogo
O homem da máscara de ferro

Tão logo Saint-Mars entrou na fortaleza, foi tratar dos preparativos para o jantar.

"É a oportunidade de que eu precisava para pedir explicações a D'Artagnan!" Athos queria saber exatamente o que tinha acontecido.

— Muito simples! — ele começou. — O rei Luís XIV mandou que eu trouxesse um prisioneiro à ilha. Ele nunca poderá ser visto por ninguém. Quando o prisioneiro os viu chegar à ilha, jogou o prato com a mensagem através das grades da cela. Eu presenciei tudo isso enquanto jantava com o governador. Como nós pensamos que os visitantes fossem pessoas que quisessem resgatar o prisioneiro, corremos para uma das torres. Enquanto eu mirava o alvo, achei que talvez fossem vocês, mas não tinha certeza. Mesmo assim, preferi interceptar rapidamente o tiro do governador. Sugeri a ele que descêssemos até o fosso para atacá-los de frente. Assim, poderíamos prendê-los e conseguir uma confissão: o nome do mandante do rapto do prisioneiro. Sendo assim, descemos e, enquanto dava a ordem para fuzilá-los, tive certeza de que eram meus amigos Athos e Raoul... Vindos da Espanha! — D'Artagnan completou, sorrindo aliviado.

— Se tivesse acertado em mim, eu teria morrido pela França! — Athos respondeu, para espanto de D'Artagnan.

— Não é possível que tenha acreditado nas palavras de um louco! O que o prisioneiro escreveu no prato não faz nenhum sentido! Ele não é irmão do rei. Está mentindo! — exclamou o capitão.

— Mas o senhor não disse que mataria quem descobrisse a identidade do prisioneiro? — Raoul interveio.

— Caros amigos — D'Artagnan apontou cadeiras para que os dois se sentassem —, não sabem que toda calúnia pode se tornar verdadeira? Às vezes, para que uma rebelião não ocorra, é necessário trancafiar um boato!

— Não é isso que está acontecendo, caro amigo. Na verdade, o rei Luís XIV não tem nenhuma intenção de que descubram a existência de seu irmão gêmeo.

— Acho que você perdeu o juízo, Athos! — D'Artagnan franziu a testa.

— Aramis revelou-me o terrível segredo, escondido na Bastilha a sete chaves! — Athos relatou ao amigo tudo o que sabia sobre Filipe e o que tinha acontecido com seus amigos Porthos e Aramis.

D'Artagnan cobriu o rosto com as mãos. Não adiantava mais esconder a verdade de Athos e de seu filho Raoul. Assim como ele, os dois descobriram tudo! Esperava que eles soubessem guardar aquele segredo perigoso até a morte!

Quando ouviram passos, voltaram a falar em espanhol, para que o governador não suspeitasse de nada.

Durante o jantar, Saint-Mars, ainda desconfiado, tentou embaraçar os convidados, fazendo comentários sobre suas vestimentas. Seu objetivo era tentar desmascará-los. Mas Raoul e seu pai eram muito inteligentes, e não se deixaram enganar.

Depois do jantar, eles agradeceram e foram levados por D'Artagnan para um aposento amplo, onde poderiam repousar.

No dia seguinte, D'Artagnan os levou para conhecer toda a ilha. Ao voltarem para a fortaleza, o capitão e seus amigos passaram pelas muralhas de uma galeria, da qual apenas D'Artagnan possuía a chave. Foi então que avistaram Saint-Mars acompanhando o prisioneiro de volta à sua cela. Esconderam-se rapidamente atrás de uma escada e viram uma cena terrível! Terrível e inesquecível ao mesmo tempo!

Era um homem vestido de negro, com a cabeça coberta por um capacete de ferro polido, o rosto escondido atrás de uma máscara também de ferro, soldada ao capacete. As aberturas na máscara deixavam à mostra apenas os olhos, parte do nariz e a boca. O prisioneiro caminhava pesadamente. Grossas nuvens anunciando chuva povoavam o céu. Por trás delas, alguns raios do sol provocavam reflexos no capacete, que mais pareciam olhares. Olhares de ódio que o prisioneiro lançava ao redor. Olhos de alguém que podia ter sido o rei da França!

O mascarado parou repentinamente; parecia contemplar o céu, sentir o perfume das flores, respirar o ar de uma liberdade que não teria nunca.

— Acompanhe-me, senhor... — chamou Saint-Mars.

D'Artagnan, de onde estava, gritou ao governador:

— Quando dirigir-se a ele, diga "Meu Senhor"!

Tanto o prisioneiro quanto Saint-Mars voltaram-se para ver quem tinha dito aquelas palavras.

— Quem disse isso? — Saint-Mars perguntou, receoso com aquela voz tão imponente.

— Eu! — D'Artagnan saiu de seu esconderijo. — A

ordem do rei é que o prisioneiro seja tratado por "Meu Senhor"! — ele manteve o gélido tom de voz.

— Nem "Meu Senhor", nem "senhor"... — o prisioneiro corrigiu. — Meu verdadeiro nome é "Maldito"! — Sua voz penetrou a alma dos quatro homens como um punhal.

Sem olhar para trás, o homem da máscara de ferro passou pela porta, que se fechou atrás dele, fazendo um estrondoso barulho.

— Um homem marcado pelo infortúnio! — D'Artagnan apontou para a torre que o príncipe ocuparia até a morte.

Um trovão ensurdecedor cortou o céu e as paredes da muralha estremeceram, assim como os corações de Athos, de seu filho Raoul e de D'Artagnan.

Alguns minutos depois, um grito vindo de uma das torres fez tremer até o mais corajoso dos homens que estava naquela fortaleza:

— Maldito!

QUEM É
TELMA GUIMARÃES CASTRO ANDRADE?

Telma mora em Campinas há mais de vinte anos, mas nasceu em Marília, cidade da região centro-oeste do estado de São Paulo.

É formada em Letras Vernáculas e Inglês pela Unesp.

Professora concursada de inglês, já morando em Campinas, Telma fazia o que muitos pais curtem: ler histórias para os filhos à noite. Da leitura passou à criação de histórias. Quando menos esperava, já estava publicando o primeiro livro, e não parou mais.

Telma é autora de mais de noventa títulos dedicados ao público infantil e juvenil, em português, inglês e espanhol, e também de livros didáticos de ensino religioso.

Pela Editora Scipione, publicou diversos livros infantis e juvenis: para a série Diálogo, *Viver um grande amor*, *Agenda poética*; e em co-autoria com Celso Antunes, os títulos *Não acredito em branco* e *Momento de decisão*; para a série Reencontro literatura, *O Natal do avarento*; para a Reencontro infantil, *Robin Hood*, *Sonho de uma noite de verão*, *O conde de Monte Cristo* e *Os três mosqueteiros*; e os títulos infantis *Tião carga pesada*, *O canário, o gato e o cuco* e *Tem gente*.